AF132033

SO EINEN WIE DICH HABE ICH NOCH NIE GESEHEN

Von Micky Molken

Buchbeschreibung:

DIE GESCHICHTE GEHT WEITER ...

EIN BÜNDNIS AUS VIER FREUNDEN HABEN EINE MISSION, CLUMSY AUS DEN FÄNGEN DER GESETZESBRECHER ZU RETTEN. WOZU SIE DAZU DOSEN-ÖFFNER, KLEBEBAND, ANGEL, FINGER-HUT UND ZAHNSTOCHER BENÖTIGEN, ERFAHRT IHR IN DIESER GESCHICHTE. EIN WEITERES ABENTEUER VOLLER GEFAHREN, ÄNGSTEN UND ÜBERWIN-DUNGEN. OB SIE ES SCHAFFEN?

LASST EUCH EINLADEN AUF EIN ABEN-TEUER MIT EINER DICKEN PRISE HUMOR HIER, EINER PRISE LIEBENS-WÜRDIGKEIT DA UND EINER GANZEN BÖE FASZINATION!

So einen wie dich habe ich noch nie gesehen

DIE RETTUNG

von Micky Molken

Micky Molken

1. Auflage, 2023

Covergestaltung:

Laura Newman – lauranewman.de

Lektorat & Korrektorat:

Laura Detail – lektorat-schreiben-imdetail.de

Maren Vollmer – lektorat-schreibkunstwerk.de

Herstellung und Verlag:
BoD – Books on Demand, Norderstedt
ISBN: 9783759734884

Einleitung ...

Der zwölfjährige John Hammond hatte einen tollpatschigen Dinosaurier zum Leben erweckt und ihm den Namen Clumsy gegeben. Es entstand zwischen ihnen eine wundervolle Freundschaft, voller Zuneigung und Vertrauen. Doch es gab skrupellose Wissenschaftler, die aus dem Dinosaurier Profit schlagen wollten und vor nichts und niemanden zurückschreckten. Jetzt war Clumsy, dem Tode näher als dem Leben. Sie raubten ihm seine Freiheit und waren dabei, sein Leben zu zerstören. Hatte er das verdient? War das gerecht? Nur, weil er anders war? Eigentlich hatte Clumsy nichts falsch gemacht. Nur, dass er anders war, und einzigartig in seiner Art. Aber ja! Er war starrköpfig und hörte nicht immer auf das, was man ihm sagte. Auch, wenn es nur gut gemeint war. Ein richtiger Dickschädel, im wahrsten Sinne des Wortes.

So wie ihr manchmal sicherlich auch. Natürlich gibt es Regeln und Grenzen, die man befolgen sollte, auch wenn ihr das in manchen Momenten für ungerecht haltet. Eure Liebsten versuchen nur, euch zu beschützen. Wovor? Vor Gefahren, die im Leben nun einmal nicht wegzudenken sind.

Sie sind Teil unseres Lebens, so wie ihr auch. Denn jeder von euch da draußen ist einzigartig. Und diese Einzigartigkeit unterscheidet euch von allen anderen. Keiner gleicht dem anderen, nicht im Aussehen und auch nicht in seinem Wesen. Und gerade deshalb hat jeder das Recht darauf, geliebt und akzeptiert zu werden. Eines habt ihr alle gemeinsam: Ihr seid ein Teil dieser Welt, genauso wie die Tiere und Pflanzen. Wir alle müssen dazu beitragen, dass unsere Erde im Gleichgewicht bleibt und sie immer fortbesteht. In all ihrer Pracht, Form und wunderschönen Momenten. Anders zu sein, heißt nicht gleichzeitig, sich verstecken zu müssen. Doch in diesem besonderen Fall gab es keine andere Möglichkeit.

Kapitel 1

FALSCHE FREUNDE ...?

Fanta hielt den Telefonhörer noch eine Weile in der Hand, dann legte sie traurig auf und das Besetztzeichen verstummte. John ging nicht ans Telefon und das schon seit Tagen nicht. Für einen Moment war es still. Noch immer hatte sie tiefe Schuldgefühle. Schwer seufzend schaute sie gedankenverloren aus dem Fenster. Sie musste mit ihm sprechen, koste es, was es wolle. Hitzig verließ sie das Zimmer. Ihr Nachtkleid, das nicht nur bis auf den Boden reichte, sondern auch mit bunten Schmetterlingen bedruckt war, berührte jede einzelne Treppenstufe. Fast wäre sie mit ihren nackten Füssen darüber gestolpert und hätte sich beinahe eine ihrer rot lackierten Zehen gebrochen. Das war das Letzte, was sie jetzt brauchte.

„Wo willst du hin?", knurrte Mister X. Eine klaftertiefe Stirnfalte bohrte sich senkrecht durch seine Miene.

„Auf die Toilette, das werde ich wohl noch dürfen", fauchte sie barsch. „Oder soll ich hier auf den Boden machen?"

Na toll. Fanta hatte gehofft, dass ihr Aufpasser vielleicht schlafen würde. Doch leider war er genauso putzmunter wie sie selbst und schaute sich irgendeine belanglose Sendung im Fernsehen an. Schon seit Tagen hatte sie Hausarrest und das ausgerechnet zum Beginn der Ferien. Es war die Strafe für ihr vorlautes Mundwerk gegenüber ihrem Vater.

„Das Bad ist jetzt für eine Weile besetzt", klärte sie Mister X mit einem kratzbürstigen Unterton auf. „Wenn du also musst, solltest du die Gästetoilette nehmen."

Ihr Aufpasser nickte stumm mit dem Kopf, ohne sie anzuschauen. Dann zuckte er in sich zusammen. So laut wie mit einem Paukenschlag verschloss Fanta die Tür hinter sich zu. Mister X war sichtlich genervt. Seine Gedanken kreisten nur um eine Person: Fanta. Am liebsten hätte er sie für immer irgendwo eingesperrt. In einen

Keller oder besser noch in ein dunkles, feuchtkaltes Verlies. Fantas Laune war für ihn nicht zum Aushalten.

Ihren Vater behandelte sie wie Luft und ihn wie einen Blutegel an ihrer Wade, einen, den man einfach nicht loswird.

Während Fanta die Badewanne befüllte, summte sie zu einem Lied, welches im Badezimmerradio lief.

Verflixte Göre, dachte er.

„Um diese Uhrzeit noch baden! Als wenn man keine anderen Sorgen hätte. Ins Bett gehört sie. Dann hätte ich wenigstens meine Ruhe. Aber nein, wegen dieser kleinen ungezogenen Göre muss ich hier stundenlang ausharren. Auf sie aufpassen, damit sie bloß keine Dummheiten anstellt", murmelte er und atmete dabei tief ein und aus.

Viel lieber säße er mit einem gut gefüllten Glas Bier in der Hand, irgendwo in einer Kneipe. Ein kühles Blondes mit einer schaumigen Bierkrone. Seine Augen leuchteten bei diesem Gedanken. Widerwillig nahm er einen trotzigen Schluck aus der Wasserflasche. Dabei verzog er das Gesicht, als hätte er in eine bittere Pampelmuse gebissen.

Wütend stellte er die Flasche auf den Tisch und drehte sich zur Badezimmertür um.

Jetzt musste er sich auch noch das heitere Gesumme von ihr anhören. Die nachlaufende Toilettenspülung, die wie ein kräftiger Applaus einer tobenden Fangemeinde einer Rockband klang, raubte ihm seinen letzten Nerv. Gereizt erhöhte er die Lautstärke des Fernsehgerätes.

So war es gleich besser. Viel besser.

Seine zur Faust geballte Hand entspannte sich. Doch die innere Zufriedenheit wurde abrupt unterbrochen.

Warum macht sie das? Sie will mich ärgern.

„Verdammte …", schrie er kurz auf, sprach den Satz aber nicht aus. Wütend knirschte er mit Unter- und Oberkiefer,

Ach was solls, die will ja nur, dass ich mich aufrege, doch diesen Gefallen tue ich ihr nicht, winkte er innerlich genervt ab.

Zwar war das unerwünschte Geräusch der Toilettenspülung vorbei, doch was nun zu hören war, war laute Musik, die das Einlassen der Badewanne übertönte.

Er schüttelte den Kopf und machte den Fernseher so laut, wie es nur möglich war.

„Geht doch!", lächelte er zufrieden.

Der Fernsehapparat kämpfte mit der Lautstärke gegen das Radio im Badezimmer an.

Die kleine Rotzgöre kriegt mich nicht klein. Da hat sie sich den Falschen ausgesucht. Mit mir nicht! Dieses Machtspielchen gewinne ich.

Mit verschränkten Armen saß er auf einem Ohrensessel und verfolgte weiter lautstark die Sendung.

Fanta regulierte inzwischen den Wasserzulauf auf ein Minimum, obwohl der Wannenboden nur leicht bedeckt war. Dann stürmte sie aus dem Fenster, welches zur Hofseite lag.

Zur gleichen Zeit führte John seinen Hund Gisela Gassi. Die Sonne neigte sich dem Tag und schaffte Platz für, den Wächter der Nacht, dem Mond mit seiner allmächtigen Energie.

Fasziniert blieb er stehen und schaute hinauf zum hell leuchtenden Vollmond.

„Du bist so stark, dass du Unmengen an Wasser einfach so bewegen kannst. Das würde ich auch gerne können: Die Kraft des Wassers einzusetzen, um Gutes zu tun oder um Gerechtigkeit auszuüben."

Menschen, die ihm wehgetan hatten, einfach so, mit einer Flut aus Hass und Wut aus seinem Leben hinauszuspülen.

„Ach was soll's!"

Schulterzuckend warf er den Gedanken fort und folgte Gisela, die ausgelassen an allen Ecken und Kanten umherschnupperte.

Mit der Dämmerung war auch eine Vielzahl von nachtaktiven Insekten unterwegs. Leider auch Mücken. Diese gefräßigen Biester. Allerdings nur die Weibchen. Doch wie sollte man die von den Männlichen unterscheiden? Das war fast unmöglich. Also versuchte John sich von allen Blutsaugern fernzuhalten. Was sich allerdings als sehr schwierig erwies, denn auch das hektische Umherfuchteln mit den Armen brachte nicht den gewünschten Erfolg.

„Gierige Kreaturen", fluchte er und kratzte sich am Kopf. Kurzerhand griff er zu seinem dunklen Kapuzenpulli und schirmte so einen Großteil seines Kopfes ab.

Anscheinend hatte Gisela mehr Glück. Ihr dichtes Fell schützte sie vor diesen gierigen Blutsaugern. John beugte sich zu ihr hinunter und streichelte sie liebevoll.

„Du hast es gut!", lächelte er seinem Vierbeiner zu. Nur einen Wimpernschlag später blieb ihm die Spucke im Hals stecken, als er aufblickte.

Was ist das? Das kann nicht sein? Oder doch?

Erschrocken verharrte John und rieb sich die Augen, als er ein Gespenst auf sich zukommen sah. Ein Geist, der aus dem Schatten der dunklen Nacht plötzlich vor ihm auftauchte. Es kam immer näher und das ziemlich schnell. Fast versagte ihm der Atem.

„Hast du mich erschreckt", sagte er erleichtert, als er seinen Irrtum erkannte, und legte seine Hand an die Brust. Natürlich wusste er, dass es keine Geister gab. Doch in diesem Moment sah es wirklich so aus, als wenn … Stumm fasste er sich an sein heftig pulsierendes Herz. Gisela wusste allerdings sofort, wer auf sie zugekommen war, und wedelte mit ihrem Stummelschwanz.

„Wo willst du hin und warum rennst du hier halbnackt umher?", fragte er Fanta, die nur leicht bekleidet und barfüßig vor ihm stand.

„Ich wollte zu dir."

Sie kniete sich hinunter, um Gisela zu begrüßen und ihm kräftig hinter den Ohren zu streicheln. Dann richtete sie sich wieder auf.

„Warum gehst du nicht ans Telefon?", fragte sie atemlos. Sie war den ganzen Weg gerannt und hatte keine Zeit zu verlieren.

Johns Gesicht versteinerte sich. Seine anfängliche Erleichterung wich. Seine Stirn bekam unschöne, wenn auch nur kleine Falten.

„Geh mir aus dem Weg", murrte er und versuchte seitlich an Fanta vorbeizukommen.

„Nein das werde ich nicht."

Sie stellte sich ihm erneut in den Weg.

„Was willst du von mir? Lass mich vorbei!", sagte er laut.

„Erst nachdem du mir zugehört hast."

„Wieso sollte ich? Wegen dir habe ich einen Freund verloren. Du bist an all dem schuld! Geh mir aus den Augen", sagte er die unschönen Worte. Doch Fanta ließ sich nicht beirren und versuchte sich, zu erklären.

„Ja kann sein, vielleicht? Und wenn …, Clumsy war auch mein Freund. Mein Vater hat mir versprochen, dass es ihm gut gehen würde und wir ihn jeden Tag besuchen könnten."

„Und?", presste John die Lippen aufeinander.

„Mein Vater hat mich belogen. Und deshalb werden wir Clumsy aus dem Labor befreien", atmete sie schwer.

„Dass ich nicht lache! Wie zum Teufel willst du das anstellen? Das ist unmöglich. Verstehst du? Unmöglich!", erklärte er stark gestikulierend.

„Und jetzt geh mir verdammt nochmal aus dem Weg, bevor ich mich vergesse." Aufgebracht schob er Fanta zur Seite.

„John!", rief sie ihm hinterher.

Er blieb stehen und drehte sich um.

„Und wenn wir es tatsächlich schaffen sollten?", erklärte er mit erhobenem Zeigefinger. „Wo sollen wir Clumsy hinbringen? Wieder zu mir nach Hause, Hm?", sagte er laut.

„Wir könnten …,"

„Hast du einmal darüber nachgedacht?", ergriff er erneut das Wort und ging einige Schritte auf sie zu. „Wir können ihn nicht beschützen. Keiner kann das. Und nirgendwo ist er sicher. Nicht bei mir und nicht bei dir. Wir haben verloren. Dein Vater hat Recht. Vielleicht ist es besser so."

Sie schüttelte wild mit ihrem lockigen Kopf.

„Nein John!", schrie sie, dann senkte sie ihren Kopf. „Aber wo er jetzt ist, kann er nicht bleiben", sprach sie leise und richtete ihren Blick wieder auf. „Sie werden ihn umbringen", sagte sie mit Tränen gefüllten Augen.

Es verschlug ihm die Sprache. Hatte er richtig gehört? Er näherte sich Fanta.

„Du hast doch gesagt, dass dein Vater …"

„Clumsy wird es nicht überleben. Sie wollen nur an sein Erbgut, mit dem sie tausende Clumsys reproduzieren können. Sie sind gut. Zu gut!"

„Wer?"

„Das Team."

„Welches Team?"

„Die besten Forscher der Welt."

Ungläubig schüttelte er den Kopf.

„Nein das glaube ich nicht. Warum sollten sie das tun?" Er hielt kurz inne, sagte: „Wir können nichts für ihn tun." Gefasst und mit starrem Blick ging er weiter.

„John bitte!" Fanta lief ihm nach und packte seine Schulter.

Zornig drehte er sich um.

„Was ist daran nicht zu verstehen? Verstehst du plötzlich unsere Sprache nicht mehr?"

Er merkte an ihrer Reaktion, dass er zu weit gegangen war.

„Tut mir leid, ich hätte das nicht sagen sollen. Dennoch, wir sind nur zu zweit und die haben eine ganze Armee. Wir können diesen Kampf nicht gewinnen."

Wie aus dem Nichts kamen Egon und Sputnik um die Ecke. Als John sie sah, holte er mit verschlossenen Augen tief Luft und stieß diese wieder zischend aus. Gisela war außer sich vor Wut und fletschte die Zähne.

„Tut mir einen Gefallen und verzieht euch", sagte John emotionslos.

„Nein, wir sind nicht allein", antwortete Fanta auf Johns Aussage, dass sie nur zu zweit wären, gegenüber einer ganzen Armee.

„Ach nein, sondern?", fragte er.

Fanta zeigte auf Egon und Sputnik.

„Wir kommen mit", meinte Egon.

John verschlug es die Sprache. Er musste sich verhört haben.

„Ihr wollt mir helfen?" Sein lautes Lachen war vollgestopft mit Ironie. „Ihr …!"

Seine Gedanken schlugen Purzelbaum. Er streckte seinen ermahnenden Zeigefinger. „Ihr habt Giesela fast getötet."

„Ja und das tut mir leid", antwortete Egon.

„Ach das tut dir also leid." Erneut war Johns Lachen völlig überzogen. „Hast du das gehört, Fanta, es tut ihm leid. Deine Einsicht kommt reichlich spät."

Erst nachdem Egons Freund Sputnik ebenfalls sein Bedauern äußerte, geriet das Wortgefecht außer Kontrolle.

„Jungs…", schrie Fanta und versuchte, die lautstarke Diskussion zu beruhigen, doch es stieß auf wenig Gegenliebe.

„Haltet eure verdammte Klappe!", schrie sie erneut und hatte offensichtlich Erfolg, denn sämtliche Anschuldigungen verstummten. Sie hatte keine Zeit zu verlieren. Sie musste schnell zurück nach Hause, bevor ihr Wachhund rausfand, dass sie ausgerissen war. Dann erklärte sie:

„Egon war es, der das Hundefutter mit einem handgeschriebenen Zettel: ‚Gute Besserung', vor deiner Tür abgelegt hatte. Nicht ich", erklärte sie.

Ja es gab diese Entschuldigung, die vor Johns Haustür abgelegt wurde. Doch er nahm an, dass es eine unnötige Geste von Fanta war. John war sichtlich überrascht. Er raufte sein Haar und schaute dabei wild in alle Himmelsrichtungen.

„Wenn ich es könnte, würde ich es ungeschehen machen", verdeutlichte Egon sein Bedauern mit gesenktem Blick.

„Das geht bekannterweise nicht", erwiderte John bissig. „Warum der plötzliche Sinneswandel?"

„Na ja, wie soll ich es sagen?", versuchte Egon die passenden Worte zu finden, ohne, dass es erneut zu einer Eskalation käme. „Eigentlich hielt ich dich für ein Muttersöhnchen, ein Weichei."

„Danke, dass wir darüber sprechen", antwortet John beleidigt.

„Doch mit der Aktion mit dem Dino und der Polizei. Wie viel Mut du da bewiesen hast. Dafür bekommst du meinen allergrößten Respekt."

Mit einem stummen Kopfnicken nahm John, den über ihn herabfallenden Ritterschlag an.

„Ich werde meinen Fehler wieder gut machen", sagte Egon und legte seine Hand auf Johns Schulter.

„Ich auch", versprach Sputnik und legte ebenfalls seine Hand auf die Schulter Johns.

„Und ich auch", erklärte Fanta. „Und deshalb werden wir dir helfen, Clumsy zu befreien."

John trat einen Schritt zurück.

„Das ist ja alles schön und gut, aber Clumsy wird nirgendwo sicher sein", erhob er leise seinen Einwand.

„Das stimmt, hier nicht", lächelte Fanta. „Aber Clumsys Chancen zu überleben, steigen um ein Vielfaches, wenn wir ihn tief in den Dschungel bringen." Ihre Augen leuchteten.

„Da wird er sicher sein", sagte Egon.

„Clumsy ist nicht doof. Er wird sich, wie das Ungeheuer von Lochness unsichtbar machen", sagte Sputnik.

„Leider auch für uns und damit müssen wir leben. Zum Wohle von Clumsy", erklärte Fanta. „Also was ist nun. Willst du ihm eine Chance geben, oder soll er sterben?", stellte sie ihm die alles entscheidende Frage.

Johns Herz lachte. Seine Augen tanzten ein Freudenfeuer. Entschlossen trat er vor. Alle vier stellten sich zu einem Kreis. Sie standen eng beieinander und legten die Arme auf die Schultern.

„Wir werden Clumsy befreien, koste es, was es wolle", schwur John lautstark in die Runde.

„Möge die Gerechtigkeit siegen", gelobte Fanta.

„Einer für alle, alle für einen", erhärtete Egon.

„Auf gute Freunde", beeidete Sputnik.

Dann folgten drei kraftvolle, tiefe, dumpf klingende Tierlaute.

„Also, wir treffen uns hier in zwei Tagen wieder. Selber Ort, selbe Uhrzeit. Ich muss mich beeilen, bevor mein Vater nach Hause kommt und bemerkt, dass ich weg bin."

„Wo willst du jetzt hin?", rief John Fanta nach.

„Ich habe Hausarrest und dürfte nicht hier sein. Wie gesagt: Wir sehen uns in zwei Tagen", klangen ihre Worte aus der Ferne, die zunehmend leiser wurden.

„Was ist, wenn Clumsy bis dahin schon tot ist?", rief John.

„Er wird nicht sterben, nicht, solange sie noch nicht hier sind."

„Wer sind sie?", fragte er.

„Das erzähle ich dir in zwei Tagen, selber Ort." Dann verschwand Fanta in der Dunkelheit.

„Selbe Zeit," vollendete John den Satz.

Fanta rannte so schnell, wie ihre nackten Füße es zuließen. Was sie nicht wusste, war, dass ihr Vater bereits die Haustür betrat.

Bakary wunderte sich über die Lautstärke des Fernsehapparates.

Hastig eilte er zum Fernseher und stellte diesen aus. Mister X sprang aufgeschreckt aus dem Sessel.

„Bist du plötzlich schwerhörig geworden?", fragte er mit einem finsteren Blick.

„Sir!" Wie ein Zinnsoldat stand er mit durchgestreckten Rücken vor Bakary. Dieser schaute sich um.

„Wo ist sie?", fragte er.

„Wer Sir? Ihre Frau, Sir?"

„Meine Tochter. Meine Frau ist auf Dienstreise, das weiß ich selbst."

„Im Badezimmer, Sir. Schon seit fast …,", Mister X. schaute auf die Uhr, "… zwei Stunden, Sir."

„Seit zwei Stunden?" Bakary zeigte auf die geschlossene Badezimmertür. „Du sagst, dass sie seit geschlagenen zwei Stunden da drin ist. Bei der lauten Musik. Und das kommt dir nicht verdächtig vor?"

Mit finsterer Entschlossenheit eilte er zur Tür. Nachdem er feststellte, dass diese von innen verriegelt war, klopfte er ungeduldig.

„Fanta! Mach sofort die Tür auf. Fanta!"

Mister X zuckte ratlos mit den Schultern.

„Du Trottel, meine Tochter ist getürmt."

Ohne langes Überlegen nahm er einige Meter Anlauf, um die Tür aufzustoßen. Vermutlich würde diese dabei zerbrechen, doch seinem Gesichtsausdruck zur Folge, nähme er es in diesem Moment in Kauf. Sollte er Fanta nicht antreffen, würde sie vermutlich, nein ganz sicher, sämtliche Ferientage innerhalb ihres Zimmers verbringen dürfen.

Kurz bevor seine kräftige Schulter die Tür in Stücke zerlegen sollte, ging wie durch Zauberhand die Tür auf. Fanta kam mit nassen Haaren aus dem Badezimmer.

„Gute Nacht!", sagte sie, als wäre alles in bester Ordnung. Flugs machte sie sich auf in ihr Zimmer.

Die beiden Männer gafften ihr verdutzt nach.

Sie hatte es tatsächlich geschafft. Schnell war sie durch das Badezimmerfenster hineingekrochen, aus dem sie vor zwei Stunden hinaus war. Rasch tauchte sie ihre Haare in das Badewasser, griff nach einem Badetuch und trocknete diese flüchtig ab. Dann hörte sie ein Klopfen und Rufen an der Tür. Schnell ließ sie das Badewasser ab, stellte das Radio aus und atmete kräftig ein und wieder aus. Anschließend öffnete sie die Tür und schaute in erstaunte Gesichter. Niemand bemerkte, dass ihre Fußsohlen voller Schmutz waren.

Fanta lag noch lange in ihrem Bett wach und dachte nach.

Wir haben genau drei Tage Zeit und nicht einen Tag länger. Drei Tage brauchen sie, um anzureisen. Sie kommen aus der ganzen Welt: Deutschland, Russland, Europa und weiß Gott, von wo überall noch. Es sind die Besten ihres Faches. Clumsy wird es nicht überleben und das müssen wir auf jeden Fall verhindern. Ich werde die nächsten zwei Tage nutzen, um genauer hinzuschauen ...

Schließlich schlief sie irgendwann ein.

Kapitel 2

ERINNERUNGEN ...

Ihr schnell fließendes Blut pulsierte in ihren Ohren. Ihre zarte Haut war von vielen tausenden Schweißperlen benetzt. Der Atem ging schnell. Mit einem kräftigen Tritt stieß Fanta die Bettdecke von sich ab und starrte an die, in schattengehüllte, Decke. Ihr Mund war trocken, ihr Rachen ausgedörrt. Die Uhrzeit verriet ihr, dass es mitten in der Nacht war.

Was zur Hölle war das?

Sie konnte sich an alles erinnern, was sie vor wenigen Sekunden meinte, erlebt zu haben. Zuerst war alles normal gewesen. Sie saß im Kino und schaute irgendeinen Film. Dieser schien alle gut zu unterhalten, denn es brach allseits Gelächter aus. In den weit aufgerissenen Mündern der Kinobesucher sprang das Popcorn Trampolin und die Rachenzäpfchen taumelten hin und her. Es war so witzig, dass Fanta sich vor lauter Lachen den Bauch hielt. Sie hatte Spaß, doch ihr Nebenmann lachte am lautesten.

Es war Clumsy, der sich vor Lachen kringelte. Auch die Tatsache, dass der Dino mit im Kino war, war für alle Kinobesucher völlig normal, bis er unerwartet seinem Gegenüber einfach so den Kopf von dessen Schultern riss. Sofort breitete sich Panik aus. Alle schrien und versuchten zu fliehen. Einigen gelang die Flucht, andere fielen Clumsy zum Opfer, der plötzlich völlig anders aussah als ein Pachycephalosaurus mit seinem Dickschädel. Er war jetzt eine Mischung aus einem T-Rex und einer Gottesanbeterin …

Nein, aufhören, raus aus meinem Kopf!

Fanta wollte weg, aufhören mit den Gedanken, raus aus ihrem Alptraum. So einen fiesen Traum hatte sie ewig nicht mehr gehabt. Vermutlich waren die letzten Tage zu viel für sie gewesen. Ihr Kopf konnte die ganzen Eindrücke möglicherweise nicht anders verarbeiten, als sich Clumsy in Form eines blutrünstigen Monsters vorzustellen. Warum auch immer es so war? Dabei war er alles andere als eine Bestie.

Sie musste an den Moment denken, als sie Clumsy zum ersten Mal gesehen hatte.

Er war so süß. Sein schielender Blick, sein dicker Kullerbauch und seine freche Schnauze.

Einfach herrlich! Aber auch das Bild, als sie ihn zum letzten Mal sah, wollte nicht aus ihrem Kopf und brannte sich tief in ihr Unterbewusstsein ein und das Lächeln verschwand. Clumsy, der apathisch, hinter einer dicken Glaswand da lag, dem Sterben näher war als dem Leben. In diesem Moment schwor sie bei ihrem eigenen Leben, ihn zu retten.

RÜCKBLENDE ...

„Wir gehen", befahl Mister X.

Resigniert löste Fanta ihre dünnen, dunklen Finger von der Glasscheibe, die zwischen ihr und Clumsy stand, und ballte sie zu einer Faust. Das, was blieb, waren nebelfeuchte Handabdrücke, die nach und nach verblassten.

„Ich hole dich hier raus! Ich schwöre es bei meinem Leben", flüsterte sie ihrem tierischen Freund zu.

Langsam streifte sie das Zopfgummi aus ihrem Haaren.

„Ich muss auf die Toilette", fauchte Fanta.

„Vergiss es", knurrte Mister X und stieß sie vor sich her. „Los geh."

„Nicht so grob", beschwerte sie sich.

„Weiter!"

„Wirklich, es ist dringend."

„Ich sagte nein."

„Gut, wie du meinst."

Fanta blieb stehen. Sie verzog ihr Gesicht und drückte mit weit aufgerissenen Augen, so als säße sie auf einer Toilette.

„Was soll das?"

„Ich habe doch gesagt, ich muss ganz dringend."

„Das ist nicht dein Ernst? Echt jetzt? Hör auf damit."

„Ich kann nicht. Ich muss gerade an die Rückfahrt denken. Mit voller Hose in deinem Auto? Die ganzen unschönen Flecken? Oh, gleich wird's warm."

„Stopp. Ist ja schon gut", hatte Mister X plötzlich ein Einsehen.

Langsam ging Fanta vorweg und ihr Bluthund hinterher. Das Gebäude schien nach der ganzen Hektik menschenleer zu sein und so irrten sie sich durch das Labyrinth des Sicherheitsgebäudes. Einige Türen waren verschlossen, andere offen. Fanta merkte sich genau, wo sich welche Räume befanden, und erstellte gedanklich eine Karte mit allen Türen, Räumen, Zu- und Abgängen.

„Wir laufen hier schon eine Ewigkeit hin und her. Wo zum Teufel sind die verfluchten Toiletten", maulte Mister X.

„Keine Ahnung. Ich muss aber immer noch nötig", erklärte sie und schaute sich dabei um.

„Warum trödelst du. Ich dachte, du musst so dringend. Also geh schneller!"

„Ja, ja, ist ja gut."

„Das hier kenne ich doch. Hier waren wir schon!" Mister X blieb stehen und blickte sich um.

„Nein ich glaube nicht", antwortete Fanta und lief weiter.

„Stopp!", befahl ihr Aufpasser und zeigte mit dem Finger auf eine Tür. „Hier ist sie ja. Du bist daran vorbeigelaufen."

„Na endlich!", log Fanta. „Wie konnte ich das nur übersehen." Sie grinste.

Mister X öffnete schwungvoll die Tür und hielt sie für Fanta auf.

„Hier geht's rein. Nach dir, junge Lady."

Dein blödes Grinsen kannst du dir verkneifen, dachte Fanta, bevor sie bemerkte, dass Mister X sie bis auf die Toilettenkabine begleiten wollte.

„Du willst doch nicht etwa hierbleiben." Fanta blickte sich wild um. „Du weißt schon, dass das hier eine Damentoilette ist?", dann schweifte ihr Blick zu ihm zurück.

Er lächelte erhaben und nickte dabei.

„Los, mach schon!"

„Vergiss es! Ich kann nicht, wenn …"

„Ich fall nicht auf den uralten Trick hinein", sein Lächeln verschwand, „Vortäuschung falscher Tatsachen, um anschließend zu türmen. Nicht mit mir. Also wirds bald!", sagte er und zeigte auf die Kabine.

Nur zögernd ging Fanta in die Kabine und verriegelte die Tür. Sie setzte sich.

Gedanklich ging sie noch einmal die bisher abgeschrittenen Wege durch. Das meiste hatte sie gesehen, doch leider nicht alles. Wenn der Plan funktionieren sollte, durfte kein Detail fehlen. Sie schaute unter der Tür hindurch. Auch wenn es sich nicht so anfühlte, ihr Aufpasser war noch immer da. Sie konnte deutlich seine schwarzen Lackschuhe sehen.

Na toll!

Ein Fenster suchte sie vergebens und somit war eine Flucht unmöglich.

Mister X schaute auf seine Taschenuhr. Er wunderte sich, dass es so schnell ging. Nachdem die Toilettenspülung zu hören war, trat Fanta kurz darauf aus der Kabine.

„Ich musste doch nur klein", grinste sie.

Der Flur, auf dem sie jetzt standen, war ausgesprochen lang. Ihr Aufpasser blickte sich um.

„Verflixt, aus welcher Richtung sind wir gekommen."

Mister X kratzte sich am Hinterkopf, der scheinbar die Orientierung verloren hatte. Glück für Fanta, dass ihr Aufpasser einen schlechten Orientierungssinn hatte.

„Hier geht's lang", sagte sie und übernahm die Führung.

Wie geplant war der Weg, den sie einschlugen, nicht derselbe, wie der, den sie zuvor genommen hatten. Und das war ihr Ziel. So konnte sie den anderen Teil der Anlage sehen.

Zuhause angekommen, setzte sie sich an ihren Schreibtisch. Eilig nahm sie sich einen Stift und einen Malblock zur Hand und schloss ihre Augen. Noch war die Erinnerung da. Vor ihrem inneren Auge lief sie noch einmal alle Wege ab. Dabei zeichnete sie, wie von Zauberhand, eine verblüffend detailgetreue Karte nach. Das war ungeheuer wichtig, wenn der Plan funktionieren sollte. Und das musste er, für Clumsy.

Kapitel 3

RECHERCHE ...

Es verging kein Tag, an dem John nicht an Clumsy denken musste. Er machte sich Vorwürfe, seinen Freund im Stich gelassen zu haben. Wie hatte er es nur zulassen können, dass sie ihn mitnahmen?

Doch was hätte er gegen bewaffnete, erwachsene Männer tun sollen? Sie hatten ihm gedroht, dass, wenn er irgendjemandem davon erzählen sollte, sie ihn einfach verschwinden lassen würden, so, dass ihn niemand finden würde. Einfach so. Er wusste, dass es nicht nur leere Versprechen gewesen waren. Wenn jemand die Möglichkeiten dazu hätte, dann diese Menschen von der Regierung. Der Vorwurf: John hätte sich strafbar gemacht und die nationale Sicherheit gefährdet. Clumsy war ab jetzt Eigentum der Regierung. Vielleicht hatten sie auch nur geblufft, um ihm Angst einzujagen. Vielleicht aber auch nicht. Und was wäre dann mit Gisela, wenn Clumsy nicht mehr am Leben wäre? Sie waren doch wie ein Herz und eine Seele. John schaute hinunter zu seinem Hund und wischte sich eine Träne aus dem Gesicht.

„Ach, was wäre ich nur ohne dich."

Der kleine Dackel wärmte mit dem Köpfchen Johns Fuß, während er am Schreibtisch saß.

„Komm Gisela, wir müssen los. Ich weiß noch nicht wie, aber wir werden Clumsy befreien."

*****

Wie vereinbart trafen sich Fanta, John, Sputnik, Egon und Gisela an jenem Treffpunkt, dort, wo sie vor zwei Tagen beschlossen hatten, den Dinosaurier zu befreien. Wie eine rigorose Sportmannschaft kurz vor Spielbeginn, standen sie im Kreis und hielten ihre Köpfe zusammen. Gisela stand mittendrin, als Fanta die Ansprache hielt.

„Die Leute von der Regierung hatten an dem Abend, als sie unseren Clumsy entführten, den Überraschungsmoment auf ihrer Seite. Wir werden unsere Chance bekommen und drehen den Spieß diesmal um."

„Ich freue mich schon", bekräftigte Sputnik.

„Der Plan sieht wie folgt aus:

Die Befreiungsaktion findet am Tag statt. Dann, wenn im Zoo am meisten los ist. Geschützt im Trubel der Besucher, zu einem Zeitpunkt, wenn sie es am wenigsten erwarten. Ich war in der Zwischenzeit nicht ganz untätig und habe mich schon einmal umgeschaut. Es war nicht ganz einfach, meinen lästigen Aufpasser loszuwerden. Dennoch habe ich es geschafft."

Daraufhin erzählte Fanta alles, was sie in Erfahrung gebracht hatte.

*****

Gut getarnt mit Basecap, Sonnenbrille und Fotokamera, sah Fanta genauso aus wie jeder andere Zoobesucher. Geduldig stand sie wie alle Wartenden in einer langen Schlange, so lange, bis sie an der Reihe war. Endlich war es so weit. Pünktlich wie jeden Tag öffnete der Zoo um 10 Uhr seine Pforten und ließ die Besucher hinein.

„Wie viele Personen?", fragte die Dame hinter der Glasscheibe, in einer monotonen Art und Weise, ohne aufzuschauen.

„Eine", antwortete Fanta höflich.

„Wie alt?"

Während die füllige Kassiererin mit Fragen nervte, ihr dickes Doppelkinn dabei Wellen schlug, blickte sich Fanta um, hinauf zu einer Überwachungskamera.

„Wie alt?", fragte sie erneut.

„Elf!", antwortete Fanta.

Die Kassiererin schaute ungläubig.

„Wäre ich älter könnte ich mich doch ausweisen, bin ich aber nicht."

So galt Fanta noch als Kind und bekam ermäßigten Eintritt. Ja es war gelogen, aber das interessierte Fanta im Augenblick nicht.

„So, so, elf!"

„Ja, sagte ich doch."

Weitere Blicke ergaben, dass es nur eine Überwachungskamera gab.

„Wie lange?"

„Wie lange, was?"

„Wie lange du innerhalb des Zoos bleiben willst. Zwei oder drei Stunden?"

„Geben Sie mir bitte eine Tageskarte."

„Tageskarte, gerne. Reiseführer?"

Die Kassiererin war die Ruhe in Person. Das wiederum stieß auf wenig Gegenliebe.

„Geht das nicht ein bisschen schneller, wir wollen alle in den Zoo", rief eine ungehaltene Stimme vom anderen Ende der wartenden Menge. Es war ein Herr im mittleren Alter.

„Bist du still", rügte ihn sein Nebenmann, leise, aber dennoch bestimmend. „Du Hornochse, wir sind hier Inkognito." Der Herr mit grauem Haaransatz war vermutlich ein wenig älter.

Die Wartenden drehten ihre Köpfe zu den beiden Herrschaften, die es offenbar eiliger hatten, in den Zoo zu gelangen, als alle anderen.

„In …, was?", fragte der Kleinere von beiden nach. Scheinbar hatte er noch nie zuvor von diesem Wort „Inkognito" gehört.

„Alles gut", entschuldigte sich der größer gewachsene Mann für seinen begriffsstutzigen Begleiter. Freundlich hob er die Hand und winkte allen zu.

„Wir haben Zeit", lächelte er mit überspitztem Augenaufschlag. Nach kurzem Gemurmel der Wartenden konzentrierten sich alle wieder auf den Kartenverkauf.

„Inkognito!", sagte er zähneknirschend mit rollenden Augäpfeln. Mit einer eindeutigen Handgeste sollte sein Gegenüber etwas dichter an ihn herantreten, um nicht alle Menschen mit in die Unterhaltung einzubeziehen.

„Das bedeutet so viel wie in geheimer Mission!", flüsterte er ihm ins Ohr. Dann beendete er die Unterhaltung mit einer ausschmückenden, grinsenden Grimasse. Er nahm symbolisch einen fiktiven Schlüssel, schloss damit seinen Mund ab und warf den Schlüssel über die linke Schulter fort. Ein übertriebenes Augenzwinkern rundete die pantomimen Vorstellung ab.

Fanta wurde hellhörig und spitzte die Ohren. *Konnte es sein?* Nein, sie war sich sicher, die beiden nicht zu kennen und ignorierte das Geschwätz. Eines war ausgeschlossen, die beiden schrägen Vögel konnten keine Wachhunde ihres Dads sein. Dafür hatte Fanta ein Gespür. So wie die sich verhielten und aussahen, mit ihrer abgetragenen Garderobe, kamen sie vermutlich nicht über die siebte Klasse hinaus. Zwei Taugenichts, mehr nicht. Was Fanta aber nicht wusste, war, dass die beiden Halunken nicht zufällig hier waren.

Bei Clumsys Entführung waren die beiden unweit auf einem Acker damit beschäftigt gewesen, Kartoffeln zu stehlen, die auf dem Feld frei zugänglich wuchsen. Ihre Rufnamen waren Hans und Claus, zwei Brüder, wirklich üble Burschen. Sie waren berühmt und berüchtigt, wenn es sich um Diebstahl und kleinere Einbrüche handelte. Heutzutage würde man sie als Kleinkriminelle bezeichnen. Am liebsten stiegen sie in Häuser gut betuchter Leute ein, wenn diese im Urlaub waren. Doch diesmal hatten sie ein anderes Ziel. Sie hatten ein ganz großes Ding vor.

„Also Reiseführer, ja oder nein?", wurde die Kassiererin die der Frage nicht müde und wartete erneut auf eine Antwort.

„Nein ich reise allein", scherzte Fanta mit gelangweiltem Lächeln.

Natürlich wusste sie, dass es ein Handzettel war, indem unteranderem Wegbeschreibungen und Tierfütterungszeiten standen.

„Sechs Dollar fünfzig ", forderte die Kassiererin.

Fanta nahm das Wechselgeld, steckte es in die Hosentasche, rückte ihren Rucksack zurecht und machte sich auf den Weg, ohne sich noch einmal umzudrehen. Denn sie hatte alles gesehen, was sie sehen wollte.

„Sie geht los!", bemerkte Claus und schaute ihr mit einem langgezogenen Hals nach.

„Das sehe ich auch!"

„Und jetzt?"

„Keine Ahnung! Sie darf uns auf keinen Fall abhängen!", antwortete Hans.

„Wir müssen uns vordrängeln!"

„Sei still. Sie kommt zurück", forderte Hans seinen Bruder auf. Beide schauten belanglos umher und pfiffen dabei ein Liedchen.

Eben waren Hans und Claus noch aus der wartenden Menge herausgetreten. Jetzt reihten sie sich schnell wieder ein und machten sich so unsichtbar.

„Entschuldigung." Fanta drängelte sich frech vor. „Ich habe mich entschieden doch einen Reiseführer zu kaufen."

Sie bekam prompt eine Ansage einer älteren Frau.

„Junge Dame, was du hier veranstaltest, ist unmöglich. Zuerst bummeln und jetzt sich frech zwischendrängeln", schüttelte sie vor Empörung ihr grau lockiges Haar.

„Eins fünfzig", sagte die Kassiererin trocken.

„Sorry", entschuldigte sich Fanta mit einer übertriebenen Verbeugung und machte sich auf den Weg.

Während sie sich den ersten Tieren näherte, zückte sie Zettel und Bleistift aus der Tasche und notierte sich: „Eingangsbereich eine Kamera, ausgerichtet auf die Wechselstube".

„Was macht sie da?", fragte Claus seinen älteren Bruder Hans, der Fanta aus der wartenden Schlange heraus beobachtete und sie nicht aus den Augen ließ.

„Das weiß ich doch nicht, vermutlich notiert sie etwas", antwortete dieser knurrend. „Das dauert mir einfach zu lange. Wenn wir nicht aufpassen verlieren wir sie noch. Komm mit."

Hans drängelte sich an allen anderen Herrschaften vorbei, die so wie sie auf eine Eintrittskarte warteten, bis zum Häuschen der Kassiererin. Claus tapste hinterher.

„Entschuldigen Sie", beschwerte sich die Dame mit den grauen Locken, „ich bin an der Reihe. Was fällt Ihnen ein, sich vorzudrängeln."

„Kann sein oder auch nicht, aber jetzt bin ich an der Reihe. Ich habe es eilig", baute sich Hans vor der Dame auf.

„Nein also was heutzutage alles frei herumläuft",
wetterte sie.

„Zwei Karten", forderte Hans.

„Erwachsene oder Kind."

„Sehe ich aus wie ein Kind?", beschwerte sich
Claus, der ebenfalls angekommen war.

„Dann zwei Erwachsene. Mit oder ohne
Reiseführer?"

„Junge Frau, wie schon erwähnt …" Hans blickte
sich um, um Fanta nicht aus den Augen zu
verlieren. „Ich habe es eilig, also geben Sie mir
einfach zwei Karten."

„Mit oder ohne Reiseführer?"

Er atmete tief durch. „OHNE, nur zwei Karten.
Kein Wunder, dass es so lange dauert, wenn Sie
jeder Person Löcher in den Bauch fragen."

Währenddessen verhielt sich Fanta wie jeder
andere Besucher. So unauffällig wie möglich. Sie
fotografierte die Tiere, nur mit dem einen
Unterschied, dass sie auch die Umgebung
genauer auskundschaftete und dokumentierte.
Auch der Sicherheitsbereich war vor ihr nicht
sicher.

Hans und Claus blieben ihr dicht auf den Fersen.
Weit genug, um nicht gesehen zu werden, aber

dicht genug, um sie nicht aus den Augen zu verlieren.

„Los, sie geht weiter. Hinterher", sagte Hans zu seinem jüngeren Bruder Claus.

Nach ungefähr einer Stunde näherte sich Fanta dem Teil des Zoos, für den der Zutritt für Besucher verboten war. Es war der Bereich, in dem Clumsy festgehalten wurde.

Fanta setzte sich auf eine naheliegende Bank. Sie kramte in dem Rucksack herum, den dir zuvor auf den Schoß genommen hatte.

„Sie setzt sich", beobachtete Claus sie aus einem Gebüsch heraus.

„Was hat sie vor?", antwortete Hans und ließ sie dabei auch nicht aus den Augen.

„Setzen wir uns auch?", fragte Claus seinen Bruder.

„Siehst du hier irgendeine Möglichkeit zum Sitzen?"

„Nein."

„Na also."

„Aber du hast gesagt, wir verhalten uns so, als wären wir ihr Schatten. Und ihr Schatten sitzt." Hans verdrehte genervt die Augen.

„Womit habe ich das nur verdient! Das war doch nur ein Sprichwort, du Hirni."

„Ach so, nur ein Sprichwort. Jetzt verstehe ich. Also setzen wir uns nicht. Richtig?", wollte Claus wissen.

Hans nickte kommentarlos.

Es war Fantas Magen, der genau so knurrte wie der Leopard, der im Gehege hinter ihr am Zaun hin und her lief. Genüsslich biss sie in einen Apfel. Der Fruchtsaft lief ihr das Kinn hinunter, den sie mit Hilfe ihres Handrückens kurzerhand abwischte. Dann zog sie die Kappe tiefer ins Gesicht, als zwei Tierwärter unmittelbar an ihr vorbeiliefen. Fanta musterte sie von oben bis unten. So wie die beiden aussahen, waren es garantiert keine Pfleger, auch wenn sie dieselbe Dienstkleidung trugen. Im Gegensatz zu den Tierpflegern, die sie zuvor gesehen hatte, waren deren Bekleidung nicht mit tierischen Exkrementen und Haaren übersät und an ihren Stiefeln klebte auch kein Dreck. Auch war ihre Kleidung nicht verwaschen oder Bündchen an Hals und Ärmel geweitet. Nein diese Herren sahen aus, als wären sie frisch aus der

Kleiderkammer des königlichen Hofstabes entsprungen. Ein Haar lag wie das andere, nicht wild durcheinandergewirbelt, was durch die körperlich schwere Arbeit durchaus der Fall sein konnte. Ihre Schuhe waren sauber, glänzten nahezu militärisch. Die Hände waren sauber, die Fingernägel manikürt, anders als bei den zuvor gesehenen Tierpflegern, deren Hände tiefe Risse aufwiesen, in denen sich der Schmutz der harten Arbeit einzubrennen schien. Die Hosen waren akkurat mit Falte gebügelt worden. Unter den Pullovern dieser Herren gab es verdächtige Ausbeulungen, dessen Abdruck einer Waffe ähnelte, wenn man genauer hinschaute. Jedoch schien das keinem der Besucher aufzufallen, außer Fanta, weil sie auf solche Details achtete. Vermutlich hatte sie diese Beobachtungsgabe von ihrem Vater geerbt, der als Sheriff solche Fähigkeiten benötigt und tief verinnerlicht hatte.

Diese Herren in Tierpfleger Kleidung waren sicherlich ausgebildete Killermaschinen des Militärs, dessen Gehaltsstufe weit höher angesiedelt war, als die eines Tierpflegers, schlussfolgerte Fanta. Was die Marke ihrer Sonnenbrille verriet, die an der Seite des Bügels angebracht war, als Mister Sunnyboy zu ihr blickte. Sie lächelte ihm freundlich zu und biss erneut von ihrem Apfel ab.

Ach, da kommt es endlich. Sie schaute auf ihre Uhr. Es war genau 9:15 Uhr.

Pünktlich, wie jeden Tag, hielt ein Postfahrzeug am Briefkasten des Hochsicherheitstraktes vom Labor. Darauf hatte sie gewartet.

Perfekt! Und da ist auch schon der Wachmann. Was macht er? Natürlich, er greift zur Tageszeitung.

Als die Luft rein war, schnürte Fanta ihren Rucksack und machte sich weiter auf den Weg. Nun galt es so dicht wie möglich, aber so unauffällig wie nötig, zunächst an den bestbewachten Bereich zu gelangen. Fanta schoss Bilder vom Gebäude des Pförtners und vom zooeigenen Fuhrpark.

„Sie geht weiter, los, ihr nach!", rief Hans seinem Bruder zu.

Hans schaute sich um. Doch wo war sein Bruder?

„Claus?", rief er leise, ohne, dass seine Tarnung aufflog.

Wo er auch hinschaute, sein Bruder war wie vom Erdboden verschluckt.

„Wo steckst du, du vermaledeiter Hund?",
murmelte er.

Was war das? Die Stimme klang vertraut.

Schnell verließ Hans das Versteck und folgte der
Stimme, die keine zehn Meter entfernt war.

„Was machst du da?", fragte er seinen Bruder
erzürnt.

Claus stand vor dem Affenkäfig und unterhielt
sich prächtig mit seinesgleichen.

„Hans komm mal her, schau dir an, was ich dem
Affen beigebracht habe."

„Hey, wir haben hier einen Auftrag zu erledigen
und du …"

„Ja ich weiß, aber schau mal", unterbrach Claus
seinen Bruder.

Er hüpfte und der Affe machte es ihm nach. Claus
kratzte sich am Kopf und das Tier kratzte sich
ebenfalls am Hinterkopf.

„Siehst du das, was ich ihm beigebracht habe?"

„Ich bin beeindruckt", log sein Bruder gespielt.

„Nun komm, wir müssen weiter."

„Ja aber, guck doch mal."

Claus belustigte sich darüber, als auch diesmal
der Affe seinem Spiegelbild alles nachmachte.

Nachdem er sich unter den Achseln kratzte, kratzte sich der Affe ein wenig tiefer.

„Der doofe Affe kratzt sich am Arsch", lachte Claus.

„Ja toll. Können wir jetzt gehen?"

„Was hat er in der Hand?", fragte Hans, als der Affe plötzlich vor ihm stand.

„Keine Ahnung, aber der Affe ist cool. Darf ich auch so einen haben?"

„Warum schaut er mich so komisch an?" Hans wurde zunehmend unruhig.

„Er mag dich!", freute sich Claus über so viel Tierliebe.

Dann passierte es rasend schnell.

Hans blieb die Luft weg und hielt maulaffenfeil, nachdem ihm die gelb-braune Masse von den Haaren über das Gesicht und in den Nacken herunterlief.

„Mensch, wie siehst du denn aus?", sagte Claus.

Sein Bruder stand wie angewurzelt da. Dicke Adern traten aus seinen Schläfen hervor, während er nach „liebgemeinten" Worten suchte.

„Du Idiot, du Trottel, Tagedieb, Depp, Hirni, Knallkopf, Heini, Horst, Vollhorst, Schnösel, Weichei, Piefke, Muttersöhnchen, Arsch,

Froschfresser, Schluchtenscheißer und …," Hans holte tief Luft. „… hässlicher, zu kleingeratener, trottliger, turnbeutelvergessener, eierköpfige Missgeburt unserer Mutter!"

Wutentbrannt stampfte er mit den Füßen.

Claus hatte mit Hilfe seiner Finger die Beleidigungen mitgezählt.

„Du hast Hohlbirne vergessen."

„Du …! Ich platze gleich vor Wut!"

„Das tut mir leid", sagte Claus verlegen.

„Ach ja? Das ist alles deine Schuld. Sieh mich an! Wie sehe ich aus?" Hans würgte kurz. „Und wie das riecht. Luft, ich brauche Luft!"

Mittlerweile befleckte der Affenkot nicht nur seine Haare und Gesicht, nein, inzwischen tropfte es vom Kinn ausgehend, auf seine Schuhe hinunter.

„Aber …"

„Du …!" Hans näherte sich seinem Bruder und stupste ihn mit dem Finger auf die Brust. „Du hast mich zu diesem bescheuerten Affen gelockt."

Das Tier hinter den Gittern hüpfte belustigt und grinste mit breit aufgesetztem Affengesicht über sein Werk.

„Mach, dass du wegkommst. Verschwinde aus meinen Augen, bevor ich mich vergesse!", schrie er seinem Bruder zu.

„Okay", sagte Claus mit hängenden Schultern.

„Komm sofort wieder zurück und mach das sauber."

Claus blieb stehen und blickte sich um.

„Das verstehe ich jetzt nicht, soll ich gehen oder …?"

„Du sollst das sauber machen! Oh, ich platze!"

Während die beiden Brüder sich noch lange stritten, machte Fanta sich rasch auf den Nachhauseweg.

Kapitel 4

TOP SECRET ...

Nachdem Fanta tatendurstig von ihren gestrigen Beobachtungen berichtete, fuhr sie mit ihrem Befreiungsplan fort.

„Wir haben nur diesen einen Tag, diese eine Chance. Wenn wir das vermasseln, Freunde, war's das und wir können für Clumsy nichts mehr tun", erklärte sie. Allein die Tatsache, dass sie inmitten des Steinkreises stand, wobei die anderen mit ihren schmalen Hintern auf den sonnengewärmten Steinen saßen, zeugte von der Dringlichkeit.

„Weshalb bist du dir so sicher?", fragte John, während er Gisela auf seinem Schoss streichelte.

„Sie werden anreisen. Schon morgen trifft ein Teil von ihnen ein. Mit dem Flugzeug, Hubschrauber oder sie werden gefahren von ihren Chauffeuren in fetten Limousinen. Vorbei an der Zollkontrolle, wo sie ganz gewiss bevorzugt behandelt werden."

„Vielleicht ist Clumsy schon tot?", warf Egon sein Bedenken in die Runde. Was darauf folgte, waren strafende Blicke der anderen.

„Nein ist er nicht. Nicht bevor sie hier sind, um das zu beenden, was sie zuvor begonnen haben."

„Verdammt, wen meinst du?", wollte Sputnik wissen.

„Forscher. Nicht irgendwelche. Nein das beste Team der Welt wird kommen. Sie werden sich Dienstagabend, also in zwei Tagen, nach Schließung des Zoos hier einfinden, um ihre Arbeit zu beginnen."

John hielt es nicht mehr auf seinen vier Buchstaben aus und betrat den Kreis.

„Woher willst du das alles wissen." Er näherte sich Fanta. „Haben dir das irgendwelche Vögel von den Dächern gezwitschert?"

„Ich habe meinen Vater bei einem seiner Telefonate belauscht. Daher weiß ich das."

„Ich hasse sie jetzt schon", fluchte Sputnik.

„Warum bist du dir so sicher, dass sie es nachts machen und nicht am Tag?", hinterfragte John.

„Diese Typen sind wie Raubtiere. Sie sind die Besten ihres Fachs. Dennoch, das, was sie tun, geht auch an ihnen nicht spurlos vorbei.

Im Schutz der Dunkelheit, gemieden von den Augen der Menschen, haben sie ein besseres Gefühl für ihre grausamen Taten. Sonst kann ich mir es nicht erklären, warum sie das Clumsy antun."

„Und was sollen wir tun? Wie willst du sie aufhalten?", wollte John wissen.

„Ja genau, wie ist dein Plan?", fügte Egon hinzu.

„Wir werden sie nicht davon abhalten können. Dennoch sind wir Ihnen gegenüber klar im Vorteil. Wir wissen, wann sie kommen und wir werden ihnen ihre Absichten vereiteln. Wir benötigen Folgendes …"

Sie zeigte auf John.

„John du besorgst gleich morgen früh einen Dosenöffner, Klebeband, eine Teleskoprute in fünf Meter Länge, einen Fingerhut und eine Packung Zahnstocher."

Sein fragender Blick sprach Bände.

„Frag nicht, ich werde euch später in meinen Plan genauer einweihen."

„Dosenöffner, Klebeband, Angel, Fingerhut und Zahnstocher. Das macht in meinen Augen keinen Sinn. Was soll das?"

„Ich sagte doch, dass ich es euch später erklären werde. Besorge die Sachen einfach, bitte."

„Okay! Wie du meinst", zuckte John beleidigt mit den Schultern und setzte sich wieder.

„Sputnik, du besorgst Rizinuspulver aus der Apotheke. Diese schließt allerdings um 12 Uhr. Also verschlaf nicht den ganzen Vormittag. Danach besorgst du Surströmming."

Sputnik sprang auf.

„Was zum Teufel ist Surströmming?"

„Das ist ein ganz übelriechender Fisch, den bekommst du im Fischladen."

„Kinderspiel, schon erledigt", sagte er und setzte sich ebenfalls.

„Egon, du besorgst eine Scharfmacherzeitung und einen Kronkorken."

„Eine was?"

„Eine Zeitung für Männer."

„Ah verstehe, Autos oder Motorräder."

„Weder noch. Leicht bekleidete Frauen oder am besten ohne irgendwelche Stoffteile an ihren Körpern."

„Du meinst nackt?" Seine Augen wurden größer.

„Ja nackt."

Jetzt hielt es auch Egon nicht mehr auf seinem Sitzstein aus.

„Das kann ich nicht, nur über meine Leiche", sagte er und schüttelte den Kopf.

„Doch, du kannst."

Man sah es Egon an, dass es ihm die Röte ins Gesicht trug. Doch da musste er jetzt durch.

„Warum ich und nicht Sputnik", beschwerte er sich lautstark. „Ich werde den Fisch besorgen oder die Angel oder …, ach, was weiß ich?"

„Nein, wirst du nicht!"

„Warum?", verschränkte er beleidigt die Arme.

„Die Zeitschrift bekommt man nur, wenn man mindestens 16 Jahre alt ist. Und du kommst von uns allen, mit deiner Statur dem Aussehen am nächsten."

„Warum muss ich auch so fett sein!", fluchte er und ergab sich letztendlich seinem Schicksal.

Kapitel 5

BESORGUNGEN MIT HINDERNISSEN ...

Der nächste Tag kam schneller als gedacht. John verließ früh das Haus. Am Einkaufsladen angekommen, holte er seine Notizen heraus. Flink packte er alles Nötige in den Korb. Anschließend wartete er geduldig an der Kasse, bis er an der Reihe war. Die Kassiererin kommentierte jeden einzelnen Artikel, den sie in die Hand nahm.

„Dosenöffner, Klebeband, eine Angel, einen Fingerhut und Zahnstocher. Das ist aber ein ungewöhnlicher Einkauf", hinterfragte die grantige Verkäuferin die Gegenstände neugierig.

„Das ist nicht für mich. Das soll …, das besorge ich für meinen Opa", flunkerte er.

„Ach für deinen Opa. Na ja, geht mich im Grunde auch nichts an. Es ist schön, dass du deinem Großvater hilfst."

„Ja, das mache ich sehr gerne. Sie müssen wissen, mein Opa ist nicht mehr so gut zu Fuß."

„So, so. Wie wäre es mit einer Angelzeitung."
Die Kassiererin kramte unter ihrem Tisch und
holte eine Zeitschrift hervor. „Hier diese ist heute
im Angebot. Wenn dein Opa gerne angelt, kann
er bestimmt ein paar gute Tipps gebrauchen."
John antwortete darauf nicht. Er fühlte sich ganz
und gar nicht wohl in seiner Haut. Obwohl es nur
ein belangloser Einkauf war, hatte er ein
schlechtes Gewissen. So, als würde er ein
Verbrechen planen, schaute er sich hektisch um.
„Und, was ist nun mit der Zeitschrift?"
„Ach so, ja, Angeln. Die nehme ich." Sein
Lächeln war nur kurz.

Anders gestaltete sich das Unterfangen bei
Sputnik. Dieser nahm sprichwörtlich die Beine in
die Hand. Als wenn Fanta es geahnt hätte. In
Sputniks Ohren klangen Fantas gesprochenen
Worte: *Sputnik, du besorgst Rizinuspulver aus der
Apotheke. Diese schließt allerdings um zwölf Uhr.
Also verschlaf nicht den ganzen Vormittag.*
Natürlich hätte Sputnik fast verschlafen. Aber nur
fast. Pünktlich, zwei Minuten vor Schließung der
Apotheke, also gerade noch rechtzeitig, stand er
allerdings vor einer verschlossenen Tür.

„Das darf doch jetzt nicht wahr sein", wetterte er, als er bemerkte, dass er möglicherweise doch zu spät war. Das durfte doch nicht wahr sein!

Er klopfte auf seine Armbanduhr, dann hörte er sich das Uhrwerk an.

„Geht."

Nachdenklich schaute er durch das Schaufenster. Niemand war zu sehen. Ungehalten klopfte er an die Fensterscheibe.

„Hallo!", rief er.

Endlich tat sich etwas. Ein Schatten bewegte sich im Inneren, der geradewegs auf die Eingangstür zulief. In Allerseelenruhe entriegelte jemand die Tür und öffnete diese. Ein glatzköpfiger älterer Herr, mit weißem Kittel gekleidet, stand vor Sputnik.

„Was gibt's", raunte er.

„Ich brauche …,"

„Junge", er atmete schwer. „Wir haben bereits geschlossen. Komm morgen wieder", unterbrach er den Knaben, der mit fragenden Augen vor ihm stand und knallte die Tür vor seiner Nase zu.

„Moment", Sputnik stellte seinen Fuß dazwischen. „Sie haben aber noch eine Minute geöffnet."

„Bitte was?"

„Ich meine, sie schließen doch erst um zwölf Uhr. Und nach meiner Uhr, ist es aber noch eine Minute vor Zwölf."

„Warte kurz." Der Herr schaute auf seine Uhr.

„55, 56, 57, 58, 59", zählte er die Zeit herunter.

„Zwölf Uhr. Auf Wiedersehen."

Der Apotheker drückte die Tür zu, doch Sputniks Fuß verhinderte das Zuschnappen dieser abermals. Dann wurde es laut zwischen den beiden.

Diesen Streit bekam ein schnauzbärtiger Polizist mit, der geradewegs an der Apotheke vorbeikam.

„Was ist denn hier los?", fragte er mit tiefer Stimme.

„Der Bengel will nicht verschwinden."

Sputnik Fuß hielt stand. „Ich war genau zwei Minuten vor Schließung hier, doch der Mann will mich nicht bedienen", drückte Sputnik mit aller Kraft gegen die Tür, ohne sich umzuschauen, wer da mit ihm sprach.

„Ja, weil es nach zwölf Uhr ist, Dummkopf."

Erst jetzt sah Sputnik, als er sich umdrehte, wer hinter ihm stand und schaute beschämt auf den Boden.

Oh nein, nicht das, dachte er. *Ein Polizist hat mir gerade noch gefehlt.* Sofort zog er den Fuß aus der Tür und erstarrte zur Salzsäule.

„Geht doch Junge, warum nicht gleich so", freute sich der Apotheker über seinen Triumph.

„Warte mal, dich kenne ich doch", brummte der Polizist.

Sputnik schaute den Ordnungshüter mit einer schielenden, verzogenen Grimasse im Gesicht an. „Sie meinen dieses Gesicht?"

„Ja …, dein Gesicht kenne ich. Neulich beim Angeln. Du hast mir doch dabei geholfen, meinen großen Fisch an Land zu ziehen. Danke noch mal."

Sputniks Gesichtsausdruck, bis auf das Schielen, entspannte sich. Das stimmte, was der Herr sagte, doch sah dieser in Uniform ganz anders aus, viel respekteinflößender.

„So was ist nun?", wetterte der Herr Apotheker.

„Sie werden den jungen Mann sofort bedienen", forderte die Staatsmacht.

Widerwillig öffnete der Arzneihändler die Tür.

„Aber sicher doch", lächelte er vergoldet. „Was soll's denn sein, junger Herr?"

Sputnik kratzte sich am Hals, der plötzlich rote Flecken bekam. Er wusste nicht, ob es strafbar war, Rizinuspulver zu kaufen. Er war sich auf einmal unsicher, weil der Polizist noch immer hinter ihm stand.

„Pulver", stockte Sputnik leise.

„Ich habe ihn nicht verstanden, Sie?", fragte der Apotheker den Polizisten.

„Du musst lauter sprechen", forderte der Uniformierte den Jungen auf.

Sputnik räusperte sich: „Rizinuspulver."

„Lauter bitte", bat der Apotheker und hielt sich ein Hörrohr aus Messing ans Ohr.

Komisch, noch vor wenigen Minuten konnte dieser Herr mich sehr gut hören, dachte sich Sputnik.

Abermals räusperte er sich, sprach jetzt aber laut und deutlich: „Rizinuspulver."

„Ach so. Ist es für dich, oder willst du jemanden vergiften?", scherzte der Apotheker.

Trocken würgte Sputnik den Speichel herunter. *Möglicherweise ja.* Er wusste ja selber nicht, wozu er es brauchte.

„Es ist sicherlich nicht für ihn", lächelte der Polizist.

„Stimmt", sagte Sputnik kleinlaut.

„Der Bursche sieht doch ganz gesund aus", klopfte er Sputnik auf die Schulter. „Sicherlich ist es für deine Großeltern."

„Ja, ja. Sie haben Recht."

„Verdauungsprobleme sind übel. Ich kenne das Problem zu genüge. Verstopfungen sind nicht lustig. Aber wenn alles wieder frei ist, dann ist die Welt in Ordnung und man fühlt sich wie neugeboren. Nicht so vollgestopft", lächelte der ältere Herr in Uniform. „Ach und geben sie dem jungen Mann diese Zeitschrift mit. Die bezahle ich. Ist nämlich heute im Angebot, mein kleiner Angelfreund."

„Danke", bedankte sich Sputnik und machte flinke Hufe, ohne sich nochmal umzudrehen. Er hatte schließlich noch eine Sache zu besorgen.

Egon hatte die ganze Nacht kein Auge zu bekommen. Er hatte das große Los gezogen und musste eine Zeitschrift kaufen, in denen sämtliche Frauen nackt waren. *Wie peinlich.* Er, der sonst die größte Klappe hatte, wünschte sich, er wäre klein wie eine Maus. Oder noch kleiner, wie ein Floh, oder am allerbesten er könnte sich gleich unsichtbar machen. Er hatte das Gefühl, dass alle ihn anstarrten und das trieb ihm Schweißperlen auf die Stirn. Die richtige Scharfmacherzeitung hatte er bereits gefunden, doch ihm fehlte der Mut, danach zu greifen und diese in den Einkaufskorb zu legen. Also stöberte er in der Abteilung nebenan, ließ aber den Zeitungsstand keine Sekunde lang aus den Augen. Nur für einen kurzen Moment, sich Mut zu sprechen. Dann aber würde er ganz bestimmt die Zeitschrift …

Nein, bitte nicht!

Den Schweißausbruch, den er vor wenigen Minuten hatte, war nichts gegen das, was jetzt sein niedergeschlagenes Gemüt erregte. Ein monsunartiger Niederschlag ging unter seinen Achseln einher.

Die Zeitschrift mit der nackten Frau auf dem Cover, die er nicht eine Sekunde aus den Augen ließ, landete in einem anderen Einkaufskorb. Ausgerechnet seine Zeitung wurde vor seinen Augen weggeschnappt. Mit geschlossenen Augen stand er nun da, so, als würde er ein Gebet sprechen.

Oh, bitte nicht das. Keine Panik, es gibt bestimmt noch eine andere Zeitung, die ich nehmen kann. Alles wird gut!

Dann stürmte er los. Hastig suchte er nach einer anderen Zeitschrift, in denen leichtbekleidete Frauen zu sehen waren. Auch, dass die Leute ihn dabei beobachten könnten, war ihm egal.

Ein stummer Schrei zog durch seinen Körper.

„Nein, nichts wird gut. Das war die letzte Zeitschrift. Oh, ich Trottel ...!!!"

Egon raufte seine Haare, so lange, bis diese in alle Himmelsrichtungen standen. Ihm wurde schwarz vor Augen.

Atmen, tief ein- und ausatmen! Mensch, was mach ich jetzt?

Egon wusste nicht, wo ihm der Kopf stand.

Erstmal weiteratmen, ansonsten schmeiße ich mich um, ermahnte er sich. *So ist es gut. Tief durchatmen. Das ist eine gute Idee. Gleichmäßig ein- und wieder ausatmen!*

Am liebsten hätte er laut losgeweint. Wenn wegen ihm jetzt das ganze Vorhaben scheitern sollte, würde er das nicht überleben.

Ich Trottel, ich Volltrottel, warum habe ich die nicht gleich genommen. So ein Mist.

Was sollte er jetzt tun? Er konnte doch nicht einfach … Doch er musste. Egon fasste sich ans Herz und nahm allen Mut, den er hatte, zusammen.

„Hallo, Sie …,"

Ein großgewachsener Mann mit langem Bart drehte sich um.

„Du meinst mich?", fragte dieser verwundert.

„Ja, äh, …, die Zeitung, die bei ihnen im Korb liegt."

„Ja was ist damit?"

„Das war die Letzte." Egon stockte der Atem.

So jetzt war es raus. Er hatte es tatsächlich getan. Erleichtert atmete er aus. Das war gut, sehr gut sogar. Dann wurde es still. Eine erhoffte Reaktion, eine Antwort oder ein Lächeln blieb aus. Das war wiederum schlecht. Nur Egons Schluckgeräusch war zu hören. Er hätte es nicht tun sollen. Der Bärtige war vermutlich empört. Am liebsten wäre Egon in diesem Moment im Erdboden versunken.

„Aha, ich verstehe. Du möchtest sie haben."

„Nein, nicht doch. Ich doch nicht", lächelte Egon entstellt, aber erleichtert.

Der Schweiß lief ihm nur so herunter und die Schamröte schoss ihm in die Wangen. Das konnte doch nicht wahr sein. Hatte er gerade nein gesagt? Er war so ein Idiot, so ein Feigling. Wie konnte er nur? Dann fasste er sich ans Herz.

„Ja, das wäre nett", stammelte er kleinlaut.

Sein ganzer Kopf war roter als rot.

„Na, dann will ich mal nicht so sein. Schließlich war ich auch mal jung. Hier bitte."

Egons feuchte Hände zitterten, als er danach griff.

„Danke", sagte er und machte sich unverzüglich auf in Richtung Kasse, ohne sich noch einmal umzudrehen. Er hätte vor Scham im Erdboden versinken können. Wieder überkam ihn das Gefühl, dass alle ihn anstarrten.

Was mach ich nur?

Flugs, wie aus dem Nichts, hatte er eine superglorreiche Idee. An der Kasse lag ein Stapel Anglerzeitschrift. Er nahm sich eine davon und legte die Schmuddel-Zeitung dort hinein. So war sie gut getarnt, wie ein trojanisches Pferd, dessen Inhalt gut behütet war. Erleichtert wischte sich Egon den Schweiß aus dem Gesicht. Die ganze Zeit starrte er seine Zeitschrift an. Diese rückte Stück für Stück näher, bis die Kassiererin diese in die Hand nahm. Anfänglich wirkte sie freundlich. Sie lächelte. Egon hingegen grinste angsterfüllt zurück und ließ seine Zeitung nicht aus den Augen.

Nicht anheben. Einfach weiterschieben. Doch nicht so!

„Nanu, was haben wir den hier? Noch eine Zeitung!"

Als die Kassiererin sah, dass aus der Angelzeitschrift eine andere Zeitschrift herausfiel, zogen graue Wolken über ihr Gesicht. Regenwolken.

„Wo kommt die denn her?", versuchte Egon sich zu rechtfertigen, und quälte ein Lachen heraus.

„So, so, junger Mann, du wolltest wohl nur eine Zeitung bezahlen. Und die hier, stehlen", quarrte sie umher.

Zu sehen war ein Bild eines Werbeslogans für einen Waschmittelhersteller. Doch als die Dame die Zeitschrift umdrehte, sprangen ihr zwei riesige Brüste mitten ins Gesicht. Und aus den grauen Regenwolken wurden tiefschwarze Gewitterwolken.

Oh Gott! Egon schaute sich hektisch um, dann fiel er in sich zusammen.

„So etwas Ungehobeltes ist mir in meinem ganzen Leben noch nicht untergekommen", wetterte sie. Ihre Nüstern wuchsen zu riesigen Höhlengrotten heran.

„Diese Zeitung werde ich dir nicht verkaufen. Diese ist erst ab sechzehn Jahren käuflich zu erwerben. Und ich glaube nicht, dass du schon sechzehn Jahre alt bist. Außerdem solltest du dich schämen, so eine schmuddelige Zeitschrift kaufen oder besser gesagt, stehlen zu wollen. Deine armen Eltern."

Egon wollte einfach nur weg, loslaufen. Doch seine Beine versagten. Diese waren weich wie Butter.

„Also was soll das? Soll ich deine Eltern informieren? Sie werden doch wohl beschämt von deinem rüpelhaften Verhalten sein! Also wenn du mein Kind wärst, dann ..."

Jetzt wollte Egon einfach nur sterben.

Plötzlich meldete sich der hinter ihm stehende Herr zu Wort. Es war derselbe Mann, der ihm freundlicherweise die Zeitung zuvor überlassen hatte.

„Sie sind aber nicht seine Mutter", sagte dieser ungehalten. „Geben sie mir die Zeitschrift, ich kaufe sie."

„Aber", stotterte Egon.

„Ist schon gut", lächelte der Herr freundlich.

„Wie sie meinen", schürzte sie spitz ihre Lippen.

„Dann bekomme ich von dir junger Mann, eins fünfunddreißig für die Angel Zeitschrift."

„Die brauche ich aber nicht."

„Jetzt schon, gekauft ist gekauft."

Mit zitternden Händen reichte Egon ihr das Geld. Wie auf rohen Eiern schleppte er sich aus dem Geschäft.

„Warte", rief ihm der Mann hinterher. „Hier deine Zeitung, ich schenke sie dir."

Wieder einmal hatte der Mann ihn aus der Patsche geholfen. *Danke lieber Herrgott, für diesen Engel.*

Doch die Kassiererin hatte nicht die Spur Verständnis. Sie schüttelte den Kopf, als der bärtige Mann seinen Einkauf bezahlen wollte. Das blieb vor ihm nicht unbemerkt.

„Sie haben bestimmt mit dreißig Jahren noch mit ihren Puppen gespielt", sagte der Herr zu der übellaunigen Kassiererin.

„Frechheit", schimpfte sie. „Was man sich heutzutage alles bieten lassen muss. Also nein, hat man dafür Worte …"

Das war das Letzte, was Egon von der blöden Ziege gehört hatte. Zu allem Ärger hätte er fast vor Aufregung den Bierdeckel vergessen. Schnell stocherte er in einem Abfallbehälter herum und in null Komma nichts wurde er fündig.

Am späten Abend trafen sich nochmal alle, um den Plan durchzusprechen.

„Jungs, habt ihr alles dabei? Egon hat alles geklappt?", wollte Fanta wissen.

„Na klar, dass war ein Kinderspiel", flunkerte er.

„Zeigt mal her", forderte Fanta.

„Dosenöffner, Klebeband, eine Angel, Fingerhut, Zahnstocher, Rizinuspulver, Surströmming, Bierdeckel und eine Scharfmacherzeitung. Top, Jungs, das habt ihr gut gemacht."

„Nicht wahr?", lächelte Egon.

„Warum aber haben wir drei Angel Zeitschriften? Und dazu sind es noch alle dieselben?", fragte Fanta verwundert.

„Das ist eine lange Geschichte", lachte John. Egon und Sputnik mussten ebenfalls lachen.

Dann erzählten alle Fanta, was sie bei ihren Einkäufen alles erlebt hatten, was in einem herzergreifenden Gelächter endete. Fanta hingegen erklärte, was sie mit den seltsamen Gegenständen vorhatte.

Die Spezialoperation „Befreiung Clumsy" konnte beginnen.

Kapitel 6

AUF GEHT'S ...

Innerhalb ihres Steinkreises und mit Stirnlampen bewaffnet, folgten die drei Helden den Ausführungen Fantas. Alle starrten gebannt auf den gezeichneten Lageplan, den sie in der letzten Nacht angefertigt hatte.

„Jungs passt auf. Der Plan lautet wie folgt: Wir treffen uns um 7:50 Uhr vor dem Südeingang des Zoos, und keine Minute später. So unauffällig wie möglich, reihen wir uns in die wartende Menge ein und kaufen unsere Tageskarten nach dem Einlass, der genau um 8:00 Uhr erfolgen wird."

Und so wie geplant hatten sie den Zoo passiert. Fanta, John, Egon und Sputnik, versehen mit ihren Rucksäcken, hatten ihr erstes Ziel erreicht. An der Kassiererin, die Fanta schon zwei Tage zuvor kennengelernt hatte, waren sie bereits vorbeigekommen. Gut, das war keine große Hürde, doch auch hierbei hätte so manches schief gehen können. Im schlimmsten Fall bliebe der

Zoo einfach geschlossen, aus welchem Grund auch immer. Mögliche Tierseuchen oder Ähnliches, aber das war zum Glück nicht der Fall gewesen. Also auf ins Abenteuer. Alles, was jetzt folgte, erforderte perfektes Timing und absolute Teamfähigkeit, so viel stand für die Freunde fest.

„Sobald wir uns auf dem Gelände befinden, schlagen wir uns bis zum Sicherheitstrakt durch. Jeder nimmt einen anderen Weg."

Als einzelne Personen waren sie unauffälliger für die wachsamen Augen des Sicherheitspersonals, als wenn sie in einer Gruppe liefen. Für jeden war eine Linie in unterschiedlichen Farben auf dem Lageplan markiert, den Fanta bei ihren Erläuterungen mit dem Zeigefinger entlangfuhr.

„Ich nehme diesen Weg: An den Waschbären vorbei, rechts weiter Richtung Wisente, die ich links liegen lasse. Gefolgt von den Yaks und Zebras. John, du schlägst diesen Weg ein. Dein Start ist die Eulenscheune, vorbei an den Großkatzen, danach rechts an den Antilopen abbiegen und dann sind links die Erdmännchen. Bis zu diesem Punkt", sie zeigte mit dem Finger auf eine gekennzeichnete Stelle des Plans, *„unser gemeinsames Ziel: Die Zwergziegen.*

Dort müssen wir alle hin, jeder von uns. Das Gatter der Zwergziegen befindet sich in unmittelbarer Nähe des Hochsicherheitstrakts des Zoos in dem Clumsy gefangen gehalten wird. Jeder hat fünfundvierzig Minuten Zeit, am Ziel rechtzeitig einzutreffen. Okay, check Uhrenvergleich. Meine Uhrzeit ist 21:45 Uhr. John?"

„*Meine auch ...*"

„*Egon?*"

„*21:45 Uhr!*"

„*Sputnik.*"

„*Check!*"

„*Gut.*"

John hatte seinen Weg genau im Kopf. Obwohl die Zeit bemessen war, hatte er es sich nicht nehmen lassen, sich die Tiere, die auf seinem Weg lagen, anzuschauen. Zumindest mit einem flüchtigen Blick. Er konnte sich nicht daran erinnern, wann er das letzte Mal in einem Zoo gewesen war. Überall, wo man auch hinsah, standen neugierige Menschen.

Viele Eltern oder auch Großeltern schauten sich mit ihren Kleinsten die hier lebenden Tiere an. Eigentlich eine schöne Sache, doch John hatte dazu eine eigene Meinung. Wenn es sich hierbei um Artenschutz handelte, konnte er diese haltungsweise ein wenig nachvollziehen, dass die hier lebenden Tiere nicht wirklich artgerecht gehalten wurden. Eulen in viel zu kleinen Volieren. Großkatzen, die apathisch ihre Laufwege abschritten. Die Antilopen hatten im Vergleich zu den anderen Tieren mehr Auslauf und waren vor Fressfeinden geschützt, aber ansonsten war auch ihre Haltung alles andere als artgerecht. Leider war er selbst kein gutes Beispiel und hatte Clumsy viel zu lange eingesperrt. Doch er wollte ihn nur beschützen. So kam es, wie es nie hätte kommen sollen. John hatte ihn mit seinem Verhalten gebrochen, ihn in eine ausweglose Situation gebracht.

„Sputnik, du nimmst folgenden Weg: Du begibst dich in Richtung Fischotter, die du zur rechten Hand liegen lässt. Weiter in Richtung Pelikane. Dann folgen links die Pinguine, weiter geradeaus, dann rechts an den Seebären und Seehunden vorbei bis hin zu den Zwergziegen. Hast du das verstanden?"

„Was für eine Frage, ja."

„Gut!"

Die Sonne hatte trotz des niedrigen Stands eine enorme Kraft und stach in Sputniks Augäpfel. Eine Sonnenbrille, die er sich aufsetzte, brachte genügend Schutz. Im Gegensatz zu John musste er auf seine Karte, die Fanta jedem mit auf dem Weg gegeben hatte, nachschauen, ob er auf dem richtigen Weg war. Irgendwo war er falsch abgebogen und stand plötzlich vor den Bartaffen, die nicht auf seinem Wegezettel eingezeichnet waren. Hier sollten eigentlich die Pinguine sein, nach denen er aufgeregt schaute. Nach anfänglichen Orientierungsschwierigkeiten fand er seinen Laufweg und setzte die Reise bis zum vereinbarten Treffpunkt fort.

Wie der Zufall so spielte, hatten Claus und Hans ebenfalls einen Zoobesuch vor. War es wirklich nur Zufall oder hatten sie das gleiche Ziel? Doch so, wie sie ausschauten, machte es nicht den Anschein. Sie hatten außer ihrer Kleidung, die sie an ihren Leibern trugen, nichts dabei. Keine Rucksäcke oder Taschen in denen sie das nötige Werkzeug für eine Befreiungsaktion verstauen konnten. Unbemerkt und mit nur wenig Abstand waren sie John, Fanta, Sputnik und Egon dicht auf den Fersen, gleich nachdem sie alle den Eingang des Zoos betreten hatten. Dann standen sie jedoch vor einem Problem.

„Sie laufen in verschiedene Richtungen, was soll das?", erkannte Hans.

„Und was machen wir jetzt?", fragte Claus ratlos.

„Wir müssen uns entscheiden und zwar schnell. Auf jeden Fall bleiben wir zusammen."

„Das ist gut, ich möchte nicht allein mit all den wilden Tieren sein", winselte Claus.

„Keine Sorge, das musst du nicht."

Hans schaute hin- und hergerissen John, Fanta, Sputnik und Egon nach. Nach kurzweiliger Überlegung stand sein Entschluss fest.

„Komm mir nach, wir folgen dem Dicken."

In Egons Kopf hallten Fantas Worte.

„Egon, du nimmst folgenden Kurs: Als Erstes kommen die Flamingos. Dort biegst du rechts ab. Als Nächstes wirst du auf Krokodilkaimane treffen. Keine Angst die tun dir nichts."

„Ich? Angst? Ausgeschlossen!"

„Sehr gut. Denn danach befindet sich rechts von dir der Jaguar. Dort angekommen schlägst du den linken Weg ein, an den Gorillas vorbei. Dann weiter geradeaus bis zu unserem Ziel.

Wie gesagt, jeder von uns hat nur fünfundvierzig Minuten Zeit. "

Egon hatte Mühe, das angestrebte Tempo zu halten, um rechtzeitig mit den anderen einzutreffen. Langsames gemütliches Gehen war nicht drin. Also hieß es sich zu beeilen. Sein T-Shirt rutschte fortwährend über seinen Bauch, der dann unterhalb davon hinausschaute. Das machte keinen Spaß. Anfangs versuchte er, durch ständiges Hinunterziehen ihn zu bedecken. Irgendwann war es ihm egal, ob die Leute seinen nackten Bauch sehen konnten, und er ließ der Natur ihren freien Lauf. Die Sonne schaffte ihn jedoch am meisten. Auf halber Strecke musste er, ob er wollte oder nicht, eine Pause einlegen. Sein Kreislauf spielte verrückt und er brauchte unbedingt eine kurze Verschnaufpause, in der er fast einen halben Liter Cola in einem Zug austrank. Die Folge war ein scheinbar nie endendes, kraftvolles Rülpsen. Mit dem Handrücken wischte er seine Lippen trocken und schaute sich dabei um.

„Hans", flüsterte Claus seinem Bruder zu. Sie waren Egon dicht auf den Fersen. Um nicht aufzufallen, interessierten sie sich mit falschem

Interesse für die Jaguare, hatten den Jungen aber stets im Blick.

„Was ist?"

„Ich habe auch Durst."

Hans rollte mit den Augen.

„Du wirst nicht gleich verdursten, wenn du eine Stunde nichts getrunken hast. Also reiß dich zusammen."

„Aber meine Lippen sind schon ganz spröde."

„Hör auf zu jammern", zischte Hans und drehte sich unauffällig nach Egon um. „Los, der Dicke geht weiter, hinterher!"

Kapitel 7

OPERATION O.O ...

Tatsächlich hatten es alle vier geschafft, fast zeitgleich am vereinbarten Treffpunkt anzukommen. Egon war völlig außer Atem und war der Letzte, der eintraf. Nun standen alle einige Meter voneinander entfernt auf ihren Positionen, dennoch nah genug, um Blickkontakt zu halten. Immer wieder schauten sie zu Fanta und fragten lautlos, wann sie das Go ausrief. Doch auch nach einer halben Stunde Wartezeit lagen sie noch immer ungehalten auf ihren Positionen. Das war aber so gewollt. Fanta hatte eine halbe Stunde Zeitpuffer miteingeplant, falls doch irgendetwas schief gehen sollte. Lieber ein wenig warten, als die Mission zu gefährden. Fanta hatte den Pförtner, der zu den Sicherheitsmännern gehörte, gut im Blick. Sie fand, dass er entweder geisteskrank war, oder er hatte einen imaginären Freund.

Sicher war, dass er ständig mit sich redete und dort aber alleine saß.

„Hilfe, Hilfe!", schrie ein Vogel, der sich innerhalb eines ovalen Käfigs, auf einer Schaukel bequem machte.

„Was ist nur mit dir los?", schimpfte der Wachmann mit seinem gefiederten Freund. „Seit Tagen kennst du nur noch das eine Wort ‚Hilfe'. Was ist mit deinem Wortschatz passiert? Wie Hunger oder Whisky oder Schlafen."

„Hilfe, Hilfe!", plapperte erneut der Papagei.

„Wenn du nicht gleich deinen kleinen Schnabel hältst, kommst du in die Bratpfanne und ich verspeise dich zum Mittag. Du hast großes Glück, dass du nicht mein Papagei bist, sonst hätte ich dir schon längst den Hals umgedreht", knurrte er genervt.

„Hilfe!"

„Ich warne dich. Kennst du das Märchen von den drei kleinen Schweinchen? Nein? Gut, dann erzähle ich es dir. So wie du, ruft auch ein kleines Schweinchen immer um Hilfe, einfach so, nur zum Spaß, um Aufmerksamkeit zu bekommen. Doch irgendwann wird dem Schweinchen, das immer um Hilfe schrie, nicht mehr geglaubt.

Und als der Wolf kam und das Schweinchen erneut um Hilfe schrie, war niemand da, um ihm zu helfen. Keiner glaubte dem Schweinchen. Niemand!", belehrte er den Papagei und strich sich über seine Glatze. Dann machte sich der Pförtner ans Werk. So wie jeden Morgen, pünktlich um 9:10 Uhr, bereitete der Pförtner sein zweites Frühstück vor. Die Kaffeemaschine war in den letzten Atemzügen und verströmte bereits einen angenehmen Duft. Das schlürfende Geräusch ähnelte einem Trinkhalm, mit dem man versucht, den letzten Rest aus einem Glas auszusaugen. Das verriet, dass die Arbeit der Kaffeemaschine beendet war und einem heißen wohlschmeckenden Kaffee nichts mehr im Wege stand. Auch das Pausenbrot, bestrichen mit Leberwurst, die wiederum mit einer hauchdünnen Schicht aus Erdbeerenmarmelade verfeinert wurde, lag zum Verzehr bereit. Jetzt fehlte nur noch eins, die Tageszeitung, und dann konnte das Frühstück beginnen.

„Der Pförtner bekommt seine Tageszeitung, die er gegen 9:20 Uhr reinholen wird. Du John, musst unsere Zeitung bis dahin platziert haben.

Das bedeutet, du hast fünf Minuten Zeit für diesen Auftrag.“

Fanta hatte alles im Blick. Nachdem der Postbote die Tageszeitung in den Briefkasten gelegt hatte und mit heulendem Motor davonraste, gab Fanta den Start mit einer eindeutigen Handgeste für John frei.

Operation 1.0 Scharfmacherzeitung konnte beginnen ...

John vermied es zu rennen, das würde nur Aufsehen erregen. Dennoch war sein Gang wie der einer Stockente, watschelnd aufrecht, mit zusammengekniffenen Pobacken und einer Abfolge kurzer schneller Schritte. Auch der Pförtner hatte das abfahrende Fahrzeug gehört und war ebenfalls auf dem Weg zum Briefkasten. Sein fülliger Körper ermöglichte nur einen geruhsamen, kraftlosen Gang.

„Komm, John, beeile dich“, rief Fanta ihrem Freund leise zu.

Anstatt die Zeitung einfach hineinzulegen, holte John die Tageszeitung heraus und versteckte darin die Zeitschrift mit den nackten Frauen. Er wollte nicht so gleich mit der Tür ins Haus fallen. Dann eilte er geschwind zurück in sein Versteck und ging in Stellung. Dort angekommen öffnete der Wachmann die Tür. Gerade noch so Glück gehabt!

Fanta konnte den Wachmann gut durch das Fenster beobachten. Die Tageszeitung lag unberührt auf dem Tisch. Zuerst nahm er einen kräftigen Schluck Kaffee zu sich und dann einen Happs vom Pausenbrot. Pausbackig öffnete er die Tageszeitung. Zu seinem Erstaunen fiel ein anderes Heft heraus und landete auf dem Boden. Anfangs wollte der um die Hüften füllige Mann, die Zeitung liegen lassen, doch als er sah, was sich auf dem Boden befand, wurden seine Augen so groß wie Tischtennisbälle. Er legte die Tageszeitung bei Seite, bückte sich und griff nach dem Magazin. Sein ganzes Gesicht war ein breites Grinsen. Hektisch schaute er sich um, so, als würde er etwas Verbotenes tun. Dann schlug er die Zeitung auf. Es war deutlich zu erkennen, dass er „Oh" sagte und „Wow". Er vergaß sogar sein Essen. Schön für ihn, genau das war der Plan gewesen. Jetzt war es Zeit für:

Operation 2.0, stinkender Fisch ...

„Egon, deine Aufgabe wird sein, den Surströmming am Lüftungsschacht zu platzieren."

Vor fünf Minuten hatte Fanta ihm das Zeichen für seinen Auftritt gegeben. So langsam machte sie sich Sorgen. Es schien nichts zu passieren, da der Wachmann in aller Seelenruhe in dem Magazin blätterte.

„Verdammt, wie lange braucht Egon", murmelte sie und schaute dabei ungeduldig auf die Uhr.

Der Wachposten nahm zwischen den einzelnen Seiten einen Schluck heißen Kaffee und blätterte genüsslich weiter.

Egon, der auf der Rückseite des Gebäudes stand, kämpfte wie ein Löwe – aber mit sich selbst. Schon als er den Dorn des Dosenöffners in den Deckel der Fischdose hineinschlug, peitschte ihm mit voller Wucht ein Gestank direkt ins Gesicht. Noch nie zuvor hatte er derartig Ekelerregendes gerochen, nicht einmal ansatzweise. Mit jedem weiteren Schnitt wurde es schlimmer, so, dass er immer wieder Atempausen einlegen musste. Bei dem Gedanken, dass Menschen diesen Fisch, so wie er war, tatsächlich essen, bekam er unweigerlich und ohne es zu wollen, heftigen Würgereiz. Dann konnte er nicht mehr innehalten. Egon musste sich übergeben. Alles brach aus ihm heraus, das gesamte Frühstück mitsamt einem Liter Cola, lief ihm zeitgleich aus Rachen und Nase. Tränen liefen aus seinen Augen, als er sich aufrichtete. In der Hand hielt er noch immer das Übel für sein ungewolltes Erbrechen.

„Was macht Egon so lange?", fragte John.

Alle schauten sich gegenseitig mit zuckenden Schultern an.

„Ich weiß auch nicht", flüsterte Fanta den anderen zu.

Alle waren in Sorge. Das konnte doch nicht so lange dauern, den Fisch an den Frischluftzulauf der Lüftungsanlage zu positionieren. Wenn der Wachmann mit seiner Zeitung durch war, wäre der Plan, Clumsy zu befreien, in Gefahr.

„Oh mein Gott, wie kann man so etwas essen", würgte Egon und ergab sich erneut.

Doch es half nichts, er musste da durch. Egon drehte den Kopf zur Seite und versuchte tief, und gleichmäßig zu atmen. Mit weit ausgestrecktem

Arm hielt er das übelriechende Allerlei an die Lüftungsgitter. Von dort aus nahm es den Weg in den Innenraum.

„Er wird merken, dass der Gestank aus der Lüftungsanlage kommt. Unmittelbar danach wird er das Fenster öffnen. Er wird seinen Raum verlassen, um die Lüftungsanlage auszustellen. Anschließend geht er nach draußen, um die Zuluft der Lüftungsanlage zu inspizieren. Doch er wird nichts finden. Und das ist unsere Chance. Sputnik und ich werden uns unmittelbar unter dem Fenster platzieren und fahren die Angel aus. Sputnik, du musst blind die Angel führen müssen, da es nur einen Platz am Fenster geben wird. Ich werde dein Auge sein und dich lenken."

Operation 3.0 – Rizinus kann starten ...

Zuallererst roch der Papagei den üblen Gestank.

„Du Sau", schimpfte dieser und stellte die Nackenfedern auf.

Auch der Wachmann vernahm jetzt einen merkwürdigen Geruch.

„Nein, ich war das nicht", entkräftete er die Beschuldigung.

Der Gestank wurde eindringlicher. Und wie vorausgesagt, der Wachmann öffnete tatsächlich das Fenster. Anschließend schaute er nach oben zu den Lüftungsgittern. Schnell erkannte er das Problem und machte sich auf in den Nebenraum, um die Lüftung auszuschalten. Anschließend wollte er der Sache auf den Grund gehen und nahm den direkten Weg nach draußen.

Sputnik lenkte geschickt die Angel durch das angekippte Fenster. Diese konnte man bis zu fünf Meter lang ausfahren. Vorne an der Spitze war ein Fingerhut, an zwei Zahnstocher montiert, indem sich das Rizinuspulver befand.

„Hilfe, Hilfe!", schrie der Papagei, als er die ausgefahrene Angelrute durch das geöffnete Fenster hereinschneien sah.

„Ach halt die Klappe, dämlicher Vogel", wetterte Sputnik. „Das laute Geschrei wäre sogar durch das geschlossene Fenster zu hören."

„Hör auf zu fluchen", ermahnte Fanta ihn, als sie sah, dass die Angel wie ein Ast im Wind wackelte. „Der Vogel tut uns nichts. Konzentrier dich lieber. So und jetzt langsam weiter", gab Fanta den Befehl.

Sputnik führte unter Anweisung die Angel. Es war schwieriger als gedacht. Durch die Länge der Rute flatterte die Spitze auf und ab, so dass ein Teil des Inhalts des Fingerhutes auf dem Fußboden landete.

„Stopp, ich sagte langsam."

Sputnik tropfte der Schweiß von der Stirn, direkt in seine Augen.

„Hilfe, Hilfe!", schrie erneut das Federvieh.

„Ich bringe diesen dämlichen Vogel um." Sputnik kniff seine brennenden Augen zusammen. Zu gern hätte er den Schweiß aus seinen Augen gewischt. Doch er konnte nicht, da er mit beiden Händen beschäftigt war.

„Noch einmal Glück gehabt", schnaufte Fanta. „Und jetzt weiter. Aber schön vorsichtig."

Der Fingerhut schwebte über dem Tisch, in Richtung des Kaffeebechers.

„Schnell, der Wachmann kommt gleich wieder rein", flüsterte John, der beide Seiten des Gebäudes bewachte. Fanta und Sputnik zum einen und zum anderen der Wachmann, der die Lüftungsanlage untersuchte.

„Stopp, zurück", befahl Fanta.

Der Fingerhut befand sich über das Ziel hinaus.

„Stopp. Ein kleines Stück vor. Stopp."

Der mit Rizinus gefüllter Fingerhut schwebte unmittelbar über dem Kaffee.

„Fracht entladen", befahl Fanta.

Sputnik schaffte es, den Inhalt treffsicher zu landen. Eine kleine Handdrehung mit der Angel reichte aus, um mit den zwei Zahnstochern, die sich gegenüberliegend am Fingerhut befanden, den Kaffee umzurühren. Genauso hatte sie es geplant.

„Nachdem der Wachmann nichts finden kann, wird er so schnell wie möglich zu seiner Zeitschrift zurückwollen. Bevor die Tür vollautomatisch zufällt, platzierst du, Egon, dann den Bierdeckel zwischen Schlossfalle und Schließblech. Die Sicherheitstür hat einen Magnetischen Verschluss und der Bierdeckel verhindert das Zuschnappen. Die Tür wird folglich nicht zusperren und das wird unsere Chance sein, in das Gebäude zu gelangen. "

Operation - 4.0 Bierdeckel ...

Nachdem Sputnik und Fanta die Ladung „schneller Durchfall" platziert hatten, musste Egon noch einmal ran. Jetzt kam es auf das perfekte Timing an. Sollte die Tür automatisch zufallen, war jegliche Aktion umsonst gewesen.

Der Wachmann öffnete genervt mit dem Sicherheitsschlüssel die Tür, riss diese auf und betrat das Gebäude. Die Tür hatte einen automatischen Türschließer, der langsam seine Arbeit verrichtete. Die Pforte war dabei, sich wie durch Geisterhand zu schließen. Doch wo war Egon? Er hätte schon längst loslaufen müssen. Endlich kam er aus seinem Versteck. Er stürmte los, doch noch immer von der Übelkeit geschwächt, fing er an zu taumeln, stolperte und fiel seiner gesamten Länger nach hin. Der Bierdeckel flog dabei in einem hohen Bogen in das Gras.

„Oh, nein!", erschreckte John, der das Unterfangen mitansehen musste.

Er erkannte die Lage und sprintete los. So schnell er konnte, lief er zum Deckel, schnappte sich diesen und rannte weiter zur zufallenden Tür.

In aller letzten Sekunde schaffte er es, den Bierdeckel an dem magnetischen Türverschluss anzuhängen, bevor seine Finger zerquetscht würden, die er gerade noch rechtzeitig zurückzog. *Geschafft!* Dann eilte er zu Egon, half ihm hoch und sie liefen zusammen in Deckung.

„Was war los?", fragte ihn John.

„Weiß nicht, mir war schwindelig. Ich schwöre dir, ich fasse nie wieder so einen übelriechenden Fisch an." Der Gedanke daran ließ ihn erneut würgen.

Fanta hatte mit ihrem Fernglas alles im Blick und atmete erleichtert tief durch. Der Wachmann saß wieder in seinem Kontrollzentrum und blätterte in der Zeitschrift. Nun hieß es abwarten.

„Trink endlich, mach schon", sprach Fanta ihre Gedanken leise aus.

Der Wachmann bekam einen trockenen Mund bei so viel entzückender Weiblichkeit. Er nahm zwei kräftige Hiebe aus seiner Tasse. Endlich, das erste Etappenziel war erreicht. Fanta signalisierte den anderen, mit einem Daumen hoch, dass er das Abführmittel eingenommen hatte. Danach folgte eine „Drei" mit dem Zeigefinger, Mittelfinger und Ringfinger.

„Ich gebe ihm drei Minuten", flüsterte sie.

John schüttelte unsicher den Kopf und zeigte eine Handvoll Finger plus Daumen.

Egon gab dem Mann zehn Minuten und Sputnik sieben. Fanta schaute gespannt auf ihre Uhr.

Man sah, dass der Wachmann unruhiger wurde.

„Na, wer sagt es denn. Schon nach drei Minuten. Cool, es wirkt sogar schneller als gedacht."

„Nach der Einnahme des Abführmittels wird sein Magen ihm starke Kopfschmerzen bereiten. Bauchkrämpfe setzen ein, so dass er die Toilette aufsucht, die er so schnell nicht wieder verlassen wird. Dann gehen wir rein und befreien Clumsy."

Die Gesichtsfarbe des Wachmanns wechselte von Rot über Weiß hin zu Grün. Er schmiss wütend sein Leberwurstbrot, von dem er zuvor noch einen Happen zu sich genommen hatte, in den Mülleimer. Grausame Bauchkrämpfe quälten ihn. Hitzeschübe fielen über ihn einher, gepaart mit heftigen Schweißausbrüchen. Dann musste er dem Höllenpein Tribut zollen und sprang von seinem Stuhl hoch.

Endlich gab Fanta das Zeichen zum Stürmen des Hintereingangs und der Wachmann stürmte zeitgleich die Toilette.

Noch im schnellen Gehen, soweit es ihm möglich war, öffnete der Wachmann die Gürtelschnalle seiner Hose. Ein unachtsamer Schritt und der ganze Unrat würde in seiner Unterhose landen, das war so sicher wie das Amen in der Kirche. Hin und wieder musste er innehalten, um die Pobacken zusammenzukneifen. Erneut jaulte er schmerzerfüllt auf, wie ein Wolf. Bereits vor der Toilettentür hing seine Hose unterhalb der Knie. Man konnte das Wimmern des Wachmanns deutlich hören, der auf der Toilette eine durchschlagende Niederlage besang.

John war der Erste an der Tür, hielt sie auf und schob einen nach dem anderen hinein.

„Los rein, schnell, seid leise."

Endlich waren sie drin. Alle anderen folgten Fanta, die zielstrebig durch die vielen Gänge auf den Raum zusteuerte, in dem sich Clumsy aufhalten musste. Plötzlich wurden sie fast überrannt, als der Wachmann mit offener Hose die Toilette verließ, um sich rasch die Zeitschrift zu holen, um diese mit aufs stille Örtchen zu nehmen. In letzter Sekunde konnten sie sich in Deckung begeben. Dort harrten sie so lange aus, bis eindeutige Zeichen von der Herrentoilette zu hören waren. „Knall, Bang, Puff!"

Das ging gerade noch einmal gut.

„Los geht's Operation 5.0 - Befreiung Clumsy!"

Kapitel 8

WAR CLUMSY NOCH AM LEBEN ...?

„Wo sind die hin?", fragte sich Claus.

„Hans, sie sind weg."

Fanta, John, Egon und Sputnik waren außer Sichtweite. Sie waren verschwunden, wie vom Erdboden verschluckt. Das blieb auch Claus und Hans nicht verborgen, die im Schatten einer großen Eiche alles Wichtige im Blick, allerdings den Kontakt zu der Gruppe verloren hatten.

„Ruhig, mein Junge, ganz ruhig. Die Bürschchen sind cleverer als ich dachte. Ich glaube, dass sie das Unmögliche schaffen können. Und wenn das so ist, schnappen wir uns bei der erstbesten Möglichkeit das Ding und verschwinden. Doch weißt du, was das Allerbeste ist?"

„Nein Hans", wollte Claus wissen.

„Wir werden reich", lächelte er seinem Bruder zu.

„Oh ja, ich wollte schon immer reich sein."

„Das werden wir auch, versprochen."

„Und was machen wir jetzt?", fragte Claus und rieb sich die Hände.

„Wir warten. Das Glück kommt zu dem, der warten kann, verstehst du das?"

Claus nickte kommentarlos.

„Warte hier, ich muss kurz weg. Behalte sie im Auge", erklärte Hans.

„Mache ich, Chef!"

Fanta, John, Sputnik und Egon hatten es tatsächlich ins Innere des Gebäudes geschafft. Wenn sie dachten, das Schlimmste wäre überstanden, irrten sie sich gewaltig. Das Sicherheitsgebäude war wie ein Labyrinth. Clumsy hier zu finden würde kein Kinderspiel werden. Doch Fanta hatte gute Vorarbeit geleistet und die Gegebenheiten gut ausgekundschaftet. Während sie vorneweg marschierte, liefen alle anderen ihr hinterher. Alles sah gleich aus. Die Wände, die Türen, einfach alles. Eine hilfreiche Beschilderung gab es nicht. Fanta blieb schlagartig stehen.

„Ist was?", fragte John aufgeregt. Ihm war unwohl bei der Sache.

„Wartet kurz, ich muss überlegen. Wir müssen …, oh verdammt!"

Konzentrier dich Fanta, ermahnte sie sich selbst. Sie war sich unsicher. Noch vor wenigen Stunden hatte sie den gesamten inneren Komplex der Festung auswendig gelernt. Doch nun, wo sie mittendrin war, war alles wie weggeblasen. Schließlich hatte sie den Zugang zum Labor nur durch eine gegenüberliegende Panzerglasscheibe gesehen. Dann, wie ein Geistesblitz war alles wieder da.

„Ich weiß es wieder. Los, rechtsrum. Da, diese Tür", Fanta streckte ihren Arm in die Richtung und lief vorweg.

„Dahinter muss es sein." Zielstrebig schritten sie direkt darauf zu.

„So ein Mist!", fluchte sie, als sie versuchte, die Tür zu öffnen. „Sie ist verschlossen."

„Du hast doch einen Schlüssel?", fragte John aufgelöst und knabberte an seinen Fingernägeln.

„Nein, habe ich nicht", antwortete Fanta kleinlaut.

„Hast du geglaubt, dass wir einfach so durch diese Tür marschieren können?", fragte John vorwurfsvoll.

„Nein, natürlich nicht. Ach, ich weiß auch nicht. Verdammt!"

„Na toll. Und jetzt?", klagte John, wurde aber gleichzeitig von Egon zur Besonnenheit ermahnt.

Fanta zuckte mit den Schultern.

„Herzlichen Glückwunsch, ganz große Klasse. Ich wusste, dass es von Anfang an nicht klappen wird. Doch auf mich hatte ja niemand gehört."

„Hört auf euch zu streiten, das bringt hier niemanden weiter", versuchte Egon zu schlichten.

„Tut mir leid", entschuldigte sich John. „Meine Nerven liegen blank."

„Unsere auch", erklärte Egon. „Also, hat irgendjemand eine Idee?"

„Lasst mich mal versuchen. Ich werde das Schloss schon knacken."

Zuversichtlich machte sich Sputnik ans Werk und zauberte aus seiner Hosentasche einige dubiose Schlüssel hervor.

„Meinst du das könnte klappen? ", fragte John.

„In den meisten Fällen …", man konnte an Sputniks Stimme hören, dass er sich dabei konzentrieren musste. „… bekomme ich jede Tür damit auf. Auch eure!"

Und wie durch ein Wunder machte Sputnik das Unmögliche möglich.

„Machst du das öfter?", fragte Fanta und freute sich über den unerwarteten Erfolg.

„Manchmal ist es gut, nicht immer auf der guten Seite zu stehen."

Die Freude der anderen konnte man förmlich anfassen, so energiegeladen war die Luft.

„Wow, du solltest das beruflich machen", antwortete Fanta überschwänglich und umarmte Sputnik dankbar. „Ich meine damit, wenn jemand seinen Schlüssel …, na, du weißt schon, was ich meine."

„Ich bitte euch einzutreten", enthüllte Sputnik lächelnd, ohne darauf zu antworten. Dann war es so weit.

„Clumsy!"

John war den Tränen nah, seinen Freund wieder zu sehen und lief auf ihn zu.

„John, nicht!", bremste Fanta seine Euphorie. „Nichts anfassen!"

Er erstarrte zur Salzsäule. Der Anblick, der sich ihnen anbot, war erschreckend. Überall waren Apparate, die Clumsy fortwährend überwachten und möglicherweise nur so am Leben erhielten. Sein kleines Herz, die Atmung, sein gesamter körperlicher Zustand wurde überwacht. Ein ständiges Piepen dröhnte monoton in den Ohren.

„Auf keinen Fall die Kabel berühren", warnte Fanta. „Ich könnte meinen Hintern verwetten, sobald wir hier irgendetwas anfassen, geht eine Sirene los und die sind schneller hier als wir weg sind", schlussfolgerte sie.

„Oder wir alle zusammen im selben Augenblick Pneumonoultramicroscopicsilicovolcanoconiosis ausgesprochen haben", fügte Sputnik hinzu.

„Bitte was?", fragte Egon.

„Pneu-mono-ultra-microscopic-silicovol-canocon iosis! Das ist das längste Wort, das ich kenne."

Egon zeigte Sputnik einen Vogel. „Du hast doch einen Knall. Das Wort gibt's gar nicht. Knallkopf."

„Vielleicht doch, selber Knallkopf!", verteidigte sich Sputnik, hatte aber nicht mit dem Gegenschlag von Egon gerechnet. Dieser erhob seine Hand und drohte mit einer deftigen Schelle.

„Schluss Jungs!", beruhigte Fanta die Gemüter.

John bekam vom kleinen Streit nichts mit. Zu tief war er in seinem unbändigen Mitleid gefangen.

„Was haben sie nur mit dir gemacht?"

Er konnte es nicht fassen seinen Freund so zu sehen. Unbemerkt von den anderen, wischte er eine Träne fort. Langsam ging er auf Clumsy zu. Sanft streichelte er ihn. Seine Haut war kalt, die Augen waren geschlossen. Clumsys körperlicher Zustand wurde zwar genau überwacht, doch wie es in ihm, ganz tief in seiner Seele aussah, konnte niemand erahnen.

„Wir werden dich hier herausholen, das ist versprochen, mein Freund", flüsterte er und streichelte den Dino erneut.

„Und was machen wir jetzt?", fragte Egon verzweifelt und brachte mit einem Kamm seine Haarpracht in Form.

„Keine Ahnung", zuckte Fanta mit den Schultern.

„Aber ich, wartet mal, ich habe eine Idee, nichts anfassen", befahl Sputnik und lief davon.

Fanta sollte Recht bekommen. Nicht weit von ihnen entfernt, nur einen Gang weiter, lag das Kontrollzentrum, in das alle Informationen zusammenliefen. Die älteren Herren hinter den Bildschirmen sollten genau genommen auf den Dinosaurier aufpassen, doch sie vergnügten sich lieber mit einem Kartenspiel. Die Monitore ließen sie dabei zeitweise außer Acht. Bis plötzlich ein

Alarm einging, der bedeutete: Herzstillstand des Dinosauriers.

Die Männer wurden aus ihrem Kartenspiel gerissen und schauten fragend auf den Monitor. Ein schrilles Signal gefolgt von einer Nulllinie.

„Verdammt", sagte einer von ihnen und sprang von seinem Stuhl.

„Das muss nichts heißen, vermutlich ein Systemfehler. Die Ärzte sagten, dass er bei bester Gesundheit sei."

„Ich glaube nicht, wir sollten nachschauen", meinte ein anderer.

„Gut, wie du meinst, lass uns nachsehen."

Auf einmal, als auch die anderen sich von ihren Stühlen erhoben, war alles wieder im grünen Bereich. Dem Dinosaurier schien es wieder besser zu gehen. Wie zuvor. Ein regelmäßiger Herzschlag war zu sehen. Wenn auch ein wenig schneller als zuvor, aber er war da.

„Und was sag ich, alles wieder okay. War nur ein Systemfehler. Wer war dran mit austeilen?"

Clumsy hatte kaum die Kraft, um eigenständig zu gehen. Gehalten von John und Egon, setzte Clumsy einen vorsichtigen Schritt nach dem anderen.

„Wir haben es gleich geschafft, nur noch ein kleines Stück", ermutigte John seinen Freund.

„Hilfe, Hilfe!"

Der freche Papagei schrie so laut, dass es im ganzen Haus zu hören war.

Der Wachmann störte sich jedoch nicht an dem Geschrei. Schon seit mehreren Minuten verharrte noch immer, vom Bauchkneifen geplagt, auf der Toilette.

„Tut mir leid", sagte Sputnik und schloss die Tür hinter sich und folgte im Laufschritt den anderen.

Sputniks Idee war es, Clumsy gegen ein anderes Tier zu ersetzen, um sämtliche Überwachungen langfristig nicht zu stören, und der Plan ging auf. Anstatt Clumsy, nahm ein von all seinen Federn beraubter, frecher Papagei seinen Platz ein, der vergeblich um Hilfe bettelte.

In der Zwischenzeit lagen Hans und Claus noch immer in Lauerstellung.

„Wo warst du so lange?", fragte Claus seinen Bruder, der sich vor einiger Zeit abgemeldet hatte.

„Ich hatte etwas zu erledigen. Gib mir das Fernglas", forderte Hans. Dann stutzte er, als er seinen Bruder ansah. „Warum hast du eine Jacke an? Es ist brütend heiß! Und wo hast du die her?"

„Weil …, du, da kommen sie."

„Du hast Recht, da sind sie ja endlich."

Claus rieb sich lächelnd die Hände, während Hans die Bande beobachtete.

„Wurde aber auch höchste Zeit. Und das Wichtigste sie haben unser Paket", lächelte Hans und schaute durch das Fernglas. „Los zurück zum Ausgang und ab in den Wagen. Wir dürfen sie nicht aus den Augen verlieren."

Die beiden Halunken übten sich im Schnellgehen.

„Nur nicht auffallen", schnaufte Hans atemlos. Das hätten sie gerne. Pech gehabt, viele Besucher schauten den beiden Stockenten nach und ernteten für ihre Darbietung eine Menge Gelächter.

„Nein, das darf doch nicht wahr sein", fluchte Fanta. „Die waren gestern noch alle offen. Unverschlossen und in jedem von ihnen steckte der Schlüssel."

Sie zog verzweifelt am Türgriff des Fahrzeugs, in der Hoffnung den Transporter zu öffnen.

„Komm, egal, Fanta, es sind noch fünf Autos übrig. Los weiter, einer von denen muss einfach fahrbereit sein. Du hast so eine gute Arbeit gemacht. Das muss einfach klappen", rief John, der mit Hilfe von Egon den Dino stützte.

Sie versuchte verzweifelt, ein Fahrzeug nach dem anderen zu öffnen. Doch jedes Einzelne war verschlossen.

„Ich schwöre es, bei meiner Recherche waren alle Autos offen. Ich schwöre."

„Ich glaube dir. Versuch es weiter. Wir müssen einfach Glück haben", forderte John.

Und er sollte Recht behalten. Das letzte Fahrzeug war tatsächlich offen und auch der Schlüssel steckte im Zündschloss.

„Los, alle rein in den Wagen!", forderte Sputnik.

Fanta hatte als Fluchtwagen einen Transporter des hauseigenen Fuhrparks erdacht. So weit so gut, doch, kratzte sich Fanta am Hinterkopf.

„Scheiße, wer kann eigentlich den Wagen fahren?"

„Ich mach das", sagte Egon.

„Oder soll ich?", fragte Sputnik, der von Geburt an schielte, aber scheinbar sehr gut damit zurechtkam, auch ohne Brille.

„Dein Ernst? Um Himmelswillen, nein", riefen alle anderen.

Kapitel 9

ACHTUNG VERFOLGER ...

„Komm, beeile dich. Nun los … steig ein und zieh diese dämliche Jacke aus. Ich kann das nicht mit ansehen", sagte Hans, der als Erster den Lieferwagen erreichte und bereits auf der Beifahrerseite Platz genommen hatte.

Claus hielt den Griff der Fahrertür in der Hand und zögerte.

„Was ist? Auf wen oder was wartest du? Steig ein. Nun!"

„Soll ich fahren?", fragte Claus.

„Ja, natürlich, steig endlich ein! Oh warte, das hätte ich fast vergessen. Ich muss mich kurz erleichtern."

Hans, der es eben noch so eilig hatte, sprang aus dem Transporter, lief mit zusammen gekniffenen Beinen zum nächstbesten Baum und verrichtete dort sein Geschäft.

„Das tut gut", lächelte er mit einem breiten Grinsen.

Nachdem er sich erleichtert hatte, eilte er im Laufschritt zurück zum Wagen und stieg ein.

„Na geht doch. Manchmal denke ich du hast nicht alle Latten am Zaun. Rennt im Hochsommer mit einer geklauten Jacke umher", knurrte er kopfschüttelnd und knallte die Beifahrertür zu.

„Was machen wir jetzt?", fragte Claus.

„Wir warten, bis diese Rotzgören an uns vorbeifahren und heften uns dann an ihre Fersen. Comprende. Du verstehen?"

„Na klar, Chef!"

Egon, Sputnik, Fanta und John hatten Mühe Clumsy, der äußerst geschwächt war, heil und vor allem unbemerkt in das Auto, in der Art wie Hundefänger einen besitzen, zu bekommen. Er taumelte und stand völlig neben sich.

„Los, ich ziehe von vorn und ihr schiebt von Hinten", schlug Egon vor.

Gemeinsam hatten sie Erfolg. Alle saßen im Fahrzeug. Egon am Steuer, neben ihm Sputnik und hinten im Kastenwagen direkt neben Clumsy saßen John und Fanta auf dem Blechboden, die sich liebevoll um ihn kümmerten.

„Wollen wir?", fragte Egon nach und startete, nachdem er von allen das Okay bekam, den Wagen und legte den ersten Gang ein.

„Festhalten, los gehts."

Die Frage, die sich alle stellten, war, kamen sie unentdeckt am Wachmann vorbei. Immerhin saß ein Schüler am Steuer des Fahrzeuges. Obwohl Egon mit seiner Größe gut und gerne drei Jahre älter aussah. Im besten Fall säße der Wächter noch auf seinem Porzellanthron und sie könnten klammheimlich das Gelände verlassen. Im schlimmsten aller Fälle würden sie die Schranken ohne Rücksicht auf Verluste durchbrechen.

Vorsichtig fuhren sie an der Schranke heran. Den Blick gesenkt und mit schützender, vorgehaltener Hand Richtung Wachmann. Dieser sah angeschlagen aus. Ohne darauf zu achten, wer hinter dem Steuer saß, forderte er sie mit wehenden Handbewegungen auf, die Schranke zu passieren. Das Letzte, was sie von ihm sahen, war, dass er mit Hemd und Schlüpfer fluchtartig das Kontrollzentrum verließ. Sie hatten endlich freie Fahrt. Das aber, sollte nicht lange unbemerkt bleiben.

„Du, da fahren sie", sagte Claus.

„Na, worauf wartest du. Fahr los!"

„Mache ich Chef. Festhalten!"

Wie von einer Tarantel gestochen, ließ Claus die Räder des Transporters durchdrehen und nahm die Verfolgung auf.

Die vier Freunde freuten sich, dass der Plan funktionierte und sie Clumsy befreien konnten. Das Schwierigste hatten sie überstanden.

„Haben wir etwas übertrieben?", fragte Sputnik besorgt.

„Wieso? Auf der Verpackung stand: Bei Verdauungsproblemen einen viertel Fingerhut Rizinus", erklärte John.

„Oh tatsächlich? Ich dachte einen Ganzen?", knirschte Sputnik schuldig.

Alle lachten.

„Du hast nicht etwa tatsächlich einen ganzen Fingerhut voll mit Rizinus in seinen Kaffee getan?", fragte John nach.

„Haben wir", spotteten Fanta und Sputnik synchron.

Egon konnte sich kaum vor lauter Lachen auf das Fahren konzentrieren. Sein runder Bauch wippte beim herzhaften Gejauchze auf und ab und endete bei jedem Atemzug mit einem Grunzen. Das war für alle viel Lustiger als für den Armen, von Bauchweh geplagten, Wachmann.

Plötzlich fühlte sich das Lachen so falsch an. Es passte nicht zu der Situation, die sich vor Johns Augen auftat.

„Clumsy?", rief er leise.

Das Gelächter der anderen schmerzte in seinen Ohren.

„Clumsy stirbt!", schrie er herzergreifend.

Sofort verstummte das Lachen im Auto.

„Was?", fragte Egon nach, der über die Schulter schaute und den Verkehr dabei aus den Augen verlor.

Auch Fanta musste mit erschrecken feststellen, dass Clumsy nicht mehr atmete.

„Warum atmet er nicht?", fragte John verzweifelt.

„Oh verdammt!", knurrte Egon, der in der allerletzten Sekunde einen Unfall vereiteln konnte und das Fahrzeug wieder auf Spur brachte. Erleichtert darüber, stieß er die angesammelte Luft aus seinen aufgeplusterten Wangen.

„Was ist los?", schrie Egon nun, nachdem keine Reaktion von den anderen mehr kam. Diesmal folgten seine Augen dem Straßenverlauf.

John und Fanta rüttelten Clumsy und versuchten, ihn wach zu bekommen.

„Er stirbt!", schrie John hysterisch.

Dass Egon vorher fast einen Unfall verursacht hatte, blieb auch vom nachfolgenden Verkehr nicht unbemerkt.

„Was machen die Gören da? Die spinnen wohl. Die bringen sich noch um!", sagte Claus, als er das wankende Auto vor sich sah, das fast zu spät wieder auf der Spur fuhr.

„Bleib ruhig. Immer schön dranbleiben."

„Ja, aber, die hätten sich fast umgebracht."

„Scheiß' auf die Gören. Unsere kostbare Fracht ist viel wichtiger. Der Dino muss am Leben bleiben", erklärte Hans und kratzte sich am Hals, der mit roten Flecken übersäht war.

„Was riecht hier so komisch? Riechst du das auch?", fragte er vorwurfsvoll und rümpfte die Nase.

„Was?"

„Es stinkt, du hast doch nicht etwa?"

„Nein, du?", verdächtigte Claus seinen Bruder, ohne etwas Merkwürdiges zu riechen.

„Nein, wie kommst du darauf?"

„Jetzt rieche ich es auch."

„Ist in deiner Hose wirklich alles gut", fragte Hans seinen jüngeren Bruder.

„Keine Ahnung. Ich glaube, ja."

Hans schaute sich um.

„Deine Schuhe vielleicht?"

Es wäre nicht ungewöhnlich, dass Claus während des Zoobesuches in einen Haufen hineingetreten war.

„Ich muss fahren, schau du nach."

Hans schaute unter beide Schuhe, die Claus ihm offenbarte.

„Und?", fragte er neugierig.

„Sauber."

„Sag ich doch. Das hätte ich auch gemerkt, wenn ich an irgendeiner Stelle hineingetreten wäre", schlussfolgerte Claus. „Und was ist mit deinen Schuhen?"

„Sauber! Was glaubst denn du, da habe natürlich ich zuerst nachgeschaut. Hatschi!"

„Gesundheit."

„Sag mal, du hast doch nicht heimlich irgendetwas mitgenommen?", fragte Hans, der sich die Nase juckte.

„Nein, was meinst du damit", antwortet Claus zögerlich, der sich auf die gestellte Frage auf einmal seltsam verhielt.

„Ich weiß nicht, hatschi, aber ich habe so eine komische Vorahnung, hatschi."

„Gesundheit."

„Hatschi. Ich reagiere nämlich auf Tierhaare äußerst allergisch."

„Keine Ahnung, was du meinst", tat Claus ahnungslos.

„Das ist bestimmt deine dämliche Jacke."

Hans schnappte sich diese und warf sie während der Fahrt aus dem Fenster.

Kapitel 10

CLUMSY STIRBT ...?

Fanta versuchte Clumsys Herzschlag zu hören, doch dies gestaltete sich schwierig.

„Ich kann seinen Herzschlag nicht hören."

„Was, das darf nicht wahr sein. Macht was!", forderte Sputnik Fanta und John auf.

„Aber was?"

„Herzdruckmassage", sagte sie.

Zuerst John und danach Fanta, versuchten sie abwechselnd Clumsy wiederzubeleben.

„Und passiert was?", fragte Egon aufgeregt, der seinen Blick vom Straßenverkehr abwendete.

„Fuck!", schrie Sputnik und stieß plötzlich mit dem Kopf gegen den Dachhimmel des Fahrzeugs.

„Bist du bescheuert. Willst du uns alle umbringen?", schrie Sputnik Egon an, der ein tiefes Schlagloch übersah und mit einem Affenzahn hineinfuhr.

„Pass doch auf", schrie Fanta, die sich sammelte. Alle, mitsamt dem Dino wurden ordentlich durchgerüttelt und flogen durch den Wagen.

„Sorry!", entschuldigte sich Egon.

Durch diesen Ruck schnellte Clumsys lange Zunge aus seinem Maul und baumelte seitlich heraus.

„Schaut, Clumsy öffnet die Augen", sagte John, der erleichtert aufatmete. Durch die noch immer im Blut vorhandene Medizin, war seine Muskulatur so geschwächt, dass er sich an seiner langen Zunge verschluckte, die sich vor seine Luftröhre legte und das Atmen unmöglich machte. Es war wie im Märchen Schneewittchen, als einer der Zwerge stolperte und das vergiftete Apfelstück herausfiel. Es war der Zufall, der zu Hilfe kam, Egon in ein riesiges Schlagloch fuhr und durch den Ruck die lange Zunge herausgeschleudert wurde.

„Clumsy, du lebst", jubelte Fanta.

Die Freude war groß.

„Willkommen zurück im Leben, Clumsy", sagte Egon und drehte sich nach hinten zu den anderen um.

„Vorsicht!", schrie Sputnik, da Egon abermals in den Gegenverkehr geriet.

„Ja, ja, ist ja schon gut. Ich passe auf."

„Das sieht aber nicht so aus."

Sputnik war schweißgebadet.

„So viel Aufregung halten meine Nerven nicht aus", beschwerte er sich, ließ sich in den Sitz fallen und atmete dabei tief.

Auch John und Fantas Nerven lagen blank.

„Egon, wir müssen die nächste Gabelung rechts", erklärte Fanta.

Clumsy war alles andere als putzmunter. Seine Augen tanzten Mambo, einen vor und einen zurück, um sich danach im Kreis zu drehen.

„Du wirst wieder gesund. Ab jetzt wird alles gut, mein Freund. Hat jemand Wasser dabei?"

Fanta schüttelte den Kopf.

„Nein", sagte Sputnik.

„Ich habe hier eine angefangene Cola", grunzte Egon.

„Ob das das Richtige für einen Dinosaurier ist?"

„Ich glaube, wenn man dehydriert ist, ist es egal, was man trinkt, Hauptsache Flüssigkeit", sagte Fanta.

„Hier trink mein Freund, dann wird es dir viel besser gehen."

„Und jetzt?", fragte Egon. „Wie geht's weiter?"

Den Feldweg, die sie soeben einschlugen, erstreckte sich über viele Kilometer.

„Wir fahren so tief es geht in den Dschungel bis wir nicht mehr weiterkommen. Dort verlassen wir das Fahrzeug und schlagen uns zu Fuß weiter durch. Bis zu diesem Punkt auf der Karte." Fanta lehnte sich zwischen Egon und Sputnik und deutete auf die Karte. „In circa hundert Metern links abbiegen."

„Sie wollen abbiegen", erklärte Claus, der mit sich und der Müdigkeit zu kämpfen hatte. Er gähnte laut.

„Dran bleiben und nicht aus den Augen verlieren. Nicht, dass sie mit dem wertvollen Schatz türmen und wir am Ende in die Röhre schauen. Nicht mit uns! Und jetzt gib Gas, hinterher", kommandierte Hans, als das Fahrzeug vor ihnen links in den Feldweg abbog.

Die Fahrt wurde monoton und still. So war auch die Stimmung zwischen den beiden Brüdern.

Während Claus am Steuer des Transporters wach bleiben musste, schien sein Bruder im Land der Träume zu sein. Bis irgendetwas Claus's Aufmerksamkeit erregte.

„Was war das?", fragte er.

„Ich habe nichts gehört", murmelte Hans.

„Doch so ein Ping. Du hast das nicht gehört?"

„Nein, das sagte ich doch bereits", knurrte Hans, als er versuchte, ein wenig zu entspannen und schloss erneut seine Augen. „Vermutlich nur eine Kleinigkeit am Fahrzeug."

Hans hatte es nicht nur überhört, nein, er hat es nicht mitbekommen, dass der Knopf seiner kurzen Hose abgesprungen war.

„Hans?", sagte Claus leise, dem fast die Augen aus dem Gesicht kullerten, als er sah, dass sein geliebter Bruder plötzlich immer dicker wurde. Sein Bauch wurde immer größer, seine Augen waren zu einer Sichel herangewachsen. Hans sah aus, als wäre er von tausend Insekten gestochen, wie ein zu dick geratener Pandabär.

„Hans?"

„Ja?", knurrte dieser.

„Schläfst du?"

„Nein verdammt. Ich habe zwar die Augen zu, aber wenn du mich ständig nervst, kann ich gar nicht schlafen."

„Du …?"

„Was ist?", sagte er genervt und schaute seinen Bruder an.

„Aber …", stotterte Claus.

„Was guckst du? Konzentriere dich aufs Fahren."

„Aber du …"

„Was?"

Claus zeigte auf den Rückspiegel.

„Schau mal."

Erst jetzt erkannte Hans, was sein Bruder meinte. Von jetzt auf gleich bekam er Schnappatmung.

„Anhalten", krächzte er.

„Was? Du bist so schlecht zu verstehen."

„Ich bekomme keine Luft. Sofort anhalten!"

„Aber die Kids?"

„Du Idiot sollst sofort anhalten", krächzte er.

Claus stoppte den Wagen. Sofort zückte er sein Messer.

Hans schaute ihn panisch an.

„Luftröhrenschnitt. Bevor du erstickst."

„Bist du wahnsinnig?"

„Aber du siehst aus wie ein riesengroßer, roter Luftballon."

„Medizin", krächzte Hans.

„Was, Wo?"

„Meine Notfallmedizin, Handschuhfach."

Hans Bauch war so aufgebläht, dass Claus Schwierigkeiten hatte, an das Handschuhfach zu gelangen. Zum Glück konnte er den Bauch beiseite drücken und hatte die rettende Medizin.

„Hier hast du es", sagte er und reichte es Hans. Doch dieser war nicht in der Lage seine Arme zu bewegen, geschweige sich selbst das Spray zu verabreichen.

„Luft!", japste er und lief dunkelblau an.

„Ach so, ja."

Claus nahm das Allergie-Spray und verabreichte seinem Bruder eine gehörige Portion.

Plötzlich schauten Hans in zwei treue Hundeaugen. Der Hund sprang von der Rücksitzbank auf seinen dicken Bauch.

„Du …, du …,", versuchte Hans etwas zu sagen.

Jetzt wusste er, dass Claus an der ganzen Misere schuld war. Er hatte doch tatsächlich einen Hund aus dem Zoo gestohlen. Dieser war klein, nicht größer als eine Handtasche und hatte viel Fell, so viel, wie ein Orang-Utan.

Endlich wurde es besser und Hans bekam wieder Luft. So, als hätte man Luft aus einem Luftballon gelassen, bekam sein Gesicht und Körper wieder den Normalzustand.

„Sag mal, willst du mich umbringen?", schrie Hans aufgebracht.

Der kleine Hund sprang auf Claus Schoß und suchte instinktiv bei ihm Schutz.

„Tut mir echt leid. Ich habe nicht mehr daran gedacht."

„Woran hast du nicht gedacht?"

„Na, dass du …"

„…, dass ich von solchem Ungeheuer mit Fell, in geschlossenen Räumen sterben kann, meintest du das?", wetterte Hans. „Ja, weil du Hornochse nie nachdenkst.! Du bist einfach nur dämlich."

„Entschuldige. Aber das Ding …"

„Ja, das Ding mit dem Namen Dinosaurier hat keine Haare. So und jetzt raus mit ihm und weiter."

„Was raus, wen?"

„Na wen wohl, den blinden Passagier."

„Nur über meine Leiche. Luigi bleibt bei mir."

Das kleine Fellungeheuer verkroch sich unter Claus Achseln, als es ahnte, dass über ihn gesprochen wird. „Ach einen Namen hat er auch schon. Na toll. Verdammt, wir müssen weiter." Doch Claus weigerte sich, Luigi herzugeben.

*****

Der Tag neigte sich dem Ende zu. Schon seit vielen Stunden waren die Freunde unterwegs.

„Wir müssen hier links."

Ohne den Blinker zu setzen, bog Egon in den Feldweg.

„Wir werden bestimmt schon gesucht. Sie werden bemerkt haben, dass ihr Goldesel nicht mehr da ist, und werden alles in Bewegung setzen um ihn wieder zubekommen. Ja ich glaube, dass mein Vater schon unterwegs ist und dass er weiß, dass ich dahinterstecke", sagte Fanta, die über Sputniks Schulter nach draußen blickte.

„Wie geht's Clumsy?", erkundigte sich Egon.

„Ich glaube, besser. Seine Augen stehen still und drehen sich nicht ständig im Kreis", antwortete John. Nun gähnte der Dino.

„Du bist müde. Schlaf dich richtig aus, wir haben noch eine lange Fahrt vor uns. Dort, wohin wir fahren, wird es dir besser gehen, auch wenn es dann heißt Abschied zu nehmen - für immer", sagte John leise. „Schlaf noch ein wenig."

„Wann werden wir da sein?", fragte Sputnik.

„Ich schätze in drei bis vier Stunden. Und dann vielleicht noch drei Stunden Fußmarsch, bis wir tief genug im Dschungel sind", sagte Fanta.

*****

Hans schmiss eine Tüte mit ungewöhnlichem Inhalt aus der geöffneten Autoscheibe.

„Nun fahr endlich und hör auf zu schmollen. Es gab keine andere Lösung."

Die Stimmung zwischen den beiden war eisig. Nur zögerlich fuhr Claus los.

„Geht das auch ein bisschen schneller."

„Nein!"

„Gut, dann werden wir unseren Schlüssel zum Reichtum nie wiedersehen und landen im Armenhaus. Denn das ist es, was passieren wird. Nichts mit ausgelassenen Partys und heißen Girls auf unserer eigenen Jacht. Keine Poolpartys in unserer eigenen Villa. Kein Luxusleben in Saus und Braus. Aber wie du willst."

Langsam, so dass es nicht zu sehr auffällt, trat Claus das Gaspedal immer weiter durch und der Transporter wurde schneller. Hans machte es sich mit den Händen hinter dem Kopf bequem.

„Geht doch", knurrte er. Nach minutenlangem Schweigen folgte: „Hier biegen wir rechts ab und immer den anderen hinterher, Richtung Dschungel."

„Dschungel?", fragte Claus unsicher.

„Ja, Dschungel."

„Woher weiß du, dass …"

„Weil, der Peilsender es anzeigt", unterbrach Hans Claus seinem Redefluss.

„Peilsender?"

„Ja Peilsender." Hans schmückte sich mit dem Gerät, das aussah wie eine kleine Fernbedienung.

„Weil ich nämlich, mein verehrter Bruder, während du einen verlausten Hund einsammeln musstest …,"

„Lass Luigi aus dem Spiel", unterbrach Claus vorwurfsvoll.

„Schon gut … ich denen einen Peilsender verpasst habe", sagte Hans und hielt einige Schlüssel in der Hand.

„Was sind das für Schlüssel?"

„Wonach sieht das aus?"

„Autoschlüssel."

„Richtig. Da sie nicht mit einem eigenen Fahrzeug da waren, mussten die sich eines stehlen. Und da kam dank mir, nur ein Fahrzeug in Frage. Oder hast du etwa gedacht, dass die den tonnenschweren Dinosaurier die ganze Zeit tragen."

„Ich habe mir gar nichts gedacht."

„Das weiß ich doch mein Bruder. Denn fürs Denken bin ich ja da."

Hans lächelte erhaben. Leider hatte es Luigi nicht so schön. Er saß frierend auf der Rücksitzbank und zitterte. Nicht vor Angst, nein, sondern weil ihm kalt war. Klaus hatte ihm sämtliche Haare abgeschnitten, diese in eine Folientüte gesteckt und aus dem Fenster geworfen. Das war der Kompromiss, Luigi mit auf die ungewöhnliche Reise mitzunehmen.

Kapitel 11

TANTE GRACE BEKOMMT BESUCH ...

„Sir, Ihre Tochter ist verschwunden."

Bakary saß am Steuer seines Dienstwagens. Am Ohr hielt er das Satellitentelefon.

„Wie konnte das passieren?", fragte er rasch.

„Weiß nicht, Sir, sie ist mir entwischt."

„Okay, du hast die Sache vermasselt und ich erwarte, dass du das wieder geradebiegst. Ich will, dass du sie findest und nach Hause bringst."

Er hatte andere Probleme, um die er sich kümmern musste.

Bakary schaute in den Rückspiegel und beobachtete den hinter ihm liegenden Verkehr.

„Sir, da wäre noch eine Sache."

„Was denn noch? Ich warne Sie, langweilen Sie mich nicht. Ich habe den Kopf voll und habe keine Zeit für irrwitzige Ausflüchte, also finden Sie sofort meine Tochter."

„Sir, nicht nur Sie ist verschwunden."

„Sondern?", fragte Bakary, während er sich eine Zigarette anzündete.

„Vermutlich mit ihren Freunden."

„Verdammt nochmal, ich bin hier nicht das Kindermädchen! Das ist ihre Aufgabe und dafür werden Sie bezahlt. Also machen Sie verflucht nochmal ihren Job."

„Zusammen mit dem Dinosaurier", fügte Mister X leise hinzu.

Bakarys Augen formten sich zu einem Schlitz.

„Warten Sie, habe ich mich gerade verhört?", fragte er ungläubig.

„Tut mir leid, Sir."

„Das ist ein Scherz, ein sehr schlechter Scherz, oder?"

„Leider nein, Sir."

Bakary fuhr rechts ran und stoppte den Wagen. Er stieg aus dem Fahrzeug, ließ die Fahrertür aber offen.

„Sie wollen mich verarschen, oder?"

„Nein Sir, das würde ich mir nie erlauben."

„Sind Sie von allen guten Geistern verlassen, wie konnte das passieren und warum erfahre ich erst jetzt davon?"

Speichelfäden nässten aus seinen Mundwinkeln, als er erneut von der Zigarette kostete.

„Wir konnten Sie leider nicht erreichen, Sir, erst jetzt."

Bakary lief aufgeregt neben dem Fahrzeug auf und ab.

„Wenn meiner Tochter irgendetwas zustößt oder diesem scheiß Dino, der nur Ärger macht, dann Gnade Ihnen Gott."

„Was soll ich tun, Sir?"

„Finden sie meine Tochter, das hat oberste Priorität. Fahren Sie zu diesem vermaledeiten Bengel und finden heraus, wo die hin sind. Die können sich ja schlecht in Luft aufgelöst haben. Ich fahre nach Hause und suche dort nach Hinweisen."

Wutentbrannt legte Bakary auf und schmiss das Telefon auf den Beifahrersitz. Die angestaute schlechte Laune ließ er am Hinterreifen seines Wagens aus. Mehrmals trat er gegen den Reifen. Ein letzter hastiger Zug an der Zigarette genehmigte er sich, bevor er sie wegwarf und ins Auto stieg. Am Steuer hielt er für einen kurzen Moment inne und atmete schwer.

„So eine Scheiße!", brüllte er und hämmerte mit den Fäusten auf das Armaturenbrett. Er griff zum Telefon und wählte die Nummer vom Professor. Zornig schaute er in den Seitenspiegel, machte eine riskante Kehrtwende und sauste mit Vollgas über die Kreuzung.

In der Zwischenzeit rollte Mister X mit seinem Wagen auf die Einfahrt. Er hatte Glück, dass das Rolltor offenstand und er so mit seinem schwarzen Wagen direkt vor dem Eingang zum Stehen kam. Nur langsam stieg er aus. Er schaute sich um. Der Blick auf das Grundstück erstreckte sich weitläufig. Seinem scharfen Blick zu urteilen, dachte er sich: *Was für eine Platzverschwendung. Viel zu groß für nur eine Familie.*

Lässig verriegelte er die Fahrertür. Er richtete seinen Schlips und schloss den obersten Knopf seines Business-Hemdes. Mit großen Schritten näherte er sich der Haustür. Dort angekommen, betätigte er mit seinem dunklen, langen Finger den Klingelknopf. Scheinbar gelassen, wartete er geduldig. Das Klingeln vernahm auch der kleine Dackel.

„Gisela, was ist nur heute mit dir los. So kenne ich dich nicht. Höre auf zu bellen, es hat geläutet, ich habe es gehört."

Langsam ohne Hast, machte sich Tante Grace auf den Weg. Ihr erster Gedanke war, dass es möglicherweise John sein könnte, der wieder einmal den Haustürschlüssel vergessen hatte. Was an und für sich, nicht selten vorkam. Oder es war der Postbote mit einem Paket. Aber sie hatte nichts bestellt, soweit sie sich erinnern konnte. Gisela war schon vorgelaufen und wartete geduldig an der Haustür.

„Bitte?", sagte sie, als sich eine dunkle riesige Gestalt vor ihr aufbaute. Gisela drängelte sich zwischen Tante Grace Beine und fletschte bedrohlich mit ihren Zähnen.

Mister X nahm die Sonnenbrille ab und schaute Gisela eindringlich an. Sein Blick schien so stechend zu sein, dass sie sofort ihren Schwanz einzog und versuchte, sich unsichtbar zu machen.

Dann richtete sich Mister X an Tante Grace, während er seine Sonnenbrille an dem Sakko befestigte.

„Entschuldigen Sie die Störung, Ma'am. Ist John zu Hause?"

Seine Umgangsform war ausgesprochen höflich. Im Gegensatz zu der von Tante Grace.

„Wer will das wissen?", fragte sie argwöhnisch.

„Ach verzeihen Sie bitte, ich habe mich noch nicht vorgestellt. Ich komme von der Regierung." Er zückte seinen Dienstausweis und hielt diesen vor ihre Nase.

„Die Staatssicherheit für Inneres, welch eine Ehre", sagte sie.

Mister X antwortete mit einem breiten Grinsen.

„Also Herr …" Grace schaute ein zweites Mal auf den Dienstausweis. „…Herr Xanthopoulos." Ihr Blick wanderte in seine tiefdunklen Augen. „Um auf Ihre Frage zurückzukommen. Nein, ich weiß nicht, wo mein Enkel sich gerade aufhält. Wieso fragen Sie mich das?"

Er steckte den Ausweis in die Sakkoinnentasche zurück.

„Das sollten Sie aber. Ich finde es grob fahrlässig, dass Sie nicht wissen, wo sich ihr Enkel aktuell umhertreibt, finden Sie nicht auch?"

„Ich glaube, er ist alt genug, um zu entscheiden, wo und mit wem er sich trifft. Aber vielleicht wissen Sie ja, wo er steckt."

„Leider nein, sonst wäre ich nicht hier. Wenn sie gestatten, würde ich mich gerne in seinem Zimmer umschauen?"

Fast hätte er einen Fuß in die Tür gestellt, doch Tante Grace stoppte ihn, noch bevor er die Tür ganz öffnen konnte.

„Darf ich den Grund erfahren?"

„Bitte, was?", stellte er sich unwissend.

„Warum sie ins Haus wollen? Was glauben Sie in Johns Zimmer zu finden? Oder wollen sie gar nicht in sein Zimmer?"

„Ich schwöre, ich werde nichts anfassen, Ma'am. Nur umschauen. Ehrenwort", lächelte er.

„Ach, nur umschauen, sagen Sie das doch gleich, wenn das so ist. Warten sie kurz… Nein! Warum sollte ich?", sagte Grace und dabei lächelte süffisant. „Nicht bevor Sie mir den Grund, den wahren Grund, dafür sagen. Mein Enkel ist ein guter Junge. Solche Leute wie Sie, kenne ich zu genüge, glauben Sie es mir."

„Ma'am, ich glaube, Sie machen einen …!"

„Nein, ich gestatte es ihnen nicht!", unterbrach sie ihr Gegenüber, noch bevor dieser ihr noch weitere Lügenmärchen auftischen konnte. „Es sei denn, Sie haben einen unaufschiebbaren richterlichen Beschluss."

Mister X zuckte zurück.

„Ist das Ihr letztes Wort, Ma'am?"

„Was ist an einem Nein nicht zu verstehen?"

Seine Mine versteinerte sich. Dann folgte wieder dieses einschüchternde Lächeln.

„Auf Wiedersehen. Sie werden von mir hören."

„Bestimmt, Mister Xanthopoulos oder wie Sie auch immer heißen mögen!"

Grace schloss die Tür.

„Und Sie werden von mir hören", sagte sie leise.

So schnell sie konnte eilte sie zum Telefon und wählte eine neunstellige Ziffernfolge.

„Codewort Jaguar, bestätigen Sie." Dann sagte sie: „Trommeln Sie das Team zusammen, wir haben einen Auftrag, Prioritätsstufe Zero! Rechnen Sie mit zwei Tagen Vorsprung."

Flugs legte sie den Hörer auf und blickte zu ihren Füßen.

„Und du Gisela kommst mit. Du weißt mehr als ich vermuten würde."

Kapitel 12

WO IST FANTA ...?

Als Bakary zu Hause ankam, war er froh, seine Frau nicht anzutreffen. Zu viele Fragen standen ungeklärt im Raum, auf die er keine Antwort geben konnte. Und wenn, konnte er ihr schlecht die Wahrheit sagen. Dass er in einer Sache drinsteckte, die er eigentlich hätte verhindern sollen.

Zunächst sah er sich außerhalb des Hauses und in den anliegenden Gebäuden um, ob seine Tochter irgendwo zu finden war. Mit geballter Wut riss er die stählerne Tür der Garage auf.

„Fanta, bist du hier?", rief er mit hartem Ton. Allerdings ließ eine Antwort auf sich warten. Er schaute sich flüchtig um, dann lief er mit schnellen Schritten in die, erst im letzten Jahr fertiggestellte, Gartenlaube.

„Fanta?" Doch auch hier verlief die Suche ins Leere. Als er auf dem Weg ins Haus war, fiel ihm auf, dass feiner Staub auf einigen Blüten und

Blättern klebte. Es war weder Sand oder Erde. Diese Substanz verfärbte seinen Daumen und Zeigefinger. Ähnlich wie Farbpulver, Pollen oder Blütenstaub es machen würden, wenn man es zerrieb. Aber Letzteres konnte er ausschließen. Es handelte sich um Ruß, Überreste von verbranntem Papier. Als er nach oben sah, blickte er auf ein Fenster. Er befand sich unmittelbar unter Fantas Zimmer.

Das Kinderzimmer wirkte ordentlich. Klare Strukturen ohne viel Schnickschnack. Anders, als man es bei einem Teenager erwarten würde. Poster von Idolen oder Schwärmereien von Mitgliedern einer Boygroup fand man hier vergebens. Diese fast schon verbissene Ordnungsliebe hatte ihr Vater zu verantworten. Sein Motto war: so wie innen so auch nach außen. Das bedeutet, wenn du im Kopf eher unsortiert bist, verpeilt und alles andere als zielorientiert, spiegelt sich das in deinem Äußeren wider. Und Fanta war sehr zielstrebig. Für das, was sie sich in den Kopf gesetzt hatte, auch wenn es noch so schwierig war, gab sie immer alles, um es zu erreichen.

Als er den Kleiderschrank öffnete, machte es den Anschein, dass alles an Ort und Stelle lag. Also konnte er ausschließen, dass seine Tochter mit gepackten Koffern ausgebüxt war. Daher lag die Vermutung nahe, dass sie spontan aufgebrochen sein musste. Überall schaute Bakary nach Hinweisen. In jedem Buch, in jeder Schublade, ja, sogar in der kleinsten Ecke, suchte er nach möglichen Anhaltspunkten. Ihr Schreibtisch war gut sortiert, alles hatte seinen Platz. Nichts lag herum, jedenfalls nichts Verwertbares, das irgendeine Information hergab, wo sie sich aufhalten könnte. Aus dem Mülleimer holte er einen verknüllten Zettel nach dem anderen heraus. Doch da war nichts. Außer ein paar misslungener Bilder, die an und für sich sehr schön waren, doch ihren Ansprüchen nicht gerecht wurden. Deshalb landeten sie in der Ablage Papierkorb. Doch für die Persönlichkeit seiner Tochter hatte er augenblicklich keine tiefergehenden Gedanken übrig.

„So ein gerissenes Biest. Sie kann überall sein", dachte er laut.

Resigniert setzte er sich auf das Bett und starrte auf den Boden.

Sie hat alle Spuren beseitigt! Logisch, sie ist ja auch meine Tochter. Was zum Teufel hatte ich erwartet? Dass sie mir einen Brief hinterlässt, wo ich sie und diesen verfluchten Dino finden würde? Wohl eher nicht!

„Hi Dad, ich habe den Dinosaurier befreit und wenn du die Zeilen hier liest, bin ich längst über alle Berge." Das würde eher zu ihr passen. Sie hat vermutlich alles bis ins kleinste Detail geplant und inszeniert. Normalerweise sollte ich stolz auf meine Tochter sein. Sie, die so viel Mut beweist. Doch das, mein Kind, ist eine Nummer zu groß für dich.

Wütend schlug Bakary mit der Faust auf das Kopfkissen ein.

„Ich muss sie finden."

Bakary sprang auf und wollte das Zimmer verlassen, doch blieb plötzlich stehen und schaute zurück. Er hatte das eingehende Gefühl, er könnte zu nachlässig hingeschaut haben.

„Der Schreibblock!"

Zuvor hatte er wenig Interesse geweckt, da er unbenutzt da lag und auf sämtlichen Seiten nichts zu sehen war. Jedenfalls nicht auf den ersten Blick. Doch als Bakary genauer hinschaute, wusste er, was er übersehen hatte. Sofort griff er nach dem Telefon.

„Rufe alle Leute zusammen. Spürhunde, Boden mit Luftunterstützung. Ich will jeden verfügbaren Mann haben. Es geht in den Dschungel des Amazonas. Oberste Priorität ist: meiner Tochter darf nichts passieren! Hast du gehört, meiner Tochter darf nichts passieren", verdeutlichte er die Wichtigkeit seiner Worte.

Mister X, der sich an der anderen Leitung befand, stimmte zu und nahm die Befehle an.

Es war der Schreibblock, der Fanta verriet. Sie hatte an alles gedacht. Sämtliche Pläne, die sie von ihrem Schreibtisch aus erarbeitet hatte, gab es nur einmal und diese trug sie bei sich. Wenn sich doch ein Fehler eingeschlichen hatte, verbrannte sie das Stück Papier sorgfältig am geöffneten Fenster. Wenn man jedoch zu stark beim Schreiben aufdrückt, wird ein unsichtbares Duplikat erstellt. Als Fantas Vater das unbeschriebene Stück Papier gegen das Licht hielt, wies dieses Einkerbungen auf, eine Karte. Mit einem weichen Bleistift brachte er die Schrift zum Vorschein. Wie durch Zauberhand konnte man ein geschriebenes Wort deutlich erkennen: DSCHUNGEL!

Aus den Gedanken gerissen hörte Bakary ein Telefon klingeln, das aus seinem Dienstzimmer. Er eilte die Treppe hinunter, schloss die Tür auf und spurtete zum Telefon.

„Ja, bitte?"

„Sie haben davon gehört?"

Bakary nahm enttäuscht den Telefonhörer vom Ohr. Zu sehr hatte er gehofft, dass es Mister X wäre, mit einer guten Nachricht. Doch stattdessen war es der Forscher Alfredo Porto.

„Hallo?", meldete sich jemand aus dem Telefonhörer. Man hörte die Ungeduld in der Stimme.

„Ja!", antwortete Bakary, nachdem er den Hörer gegen die Ohrmuschel hielt.

„Die Verbindung war gerade unterbrochen, ich hatte Sie nicht gehört", meinte Porto aufgebracht.

„Konnten Sie auch nicht", sagte Bakary leise und atmete tief.

„Wie konnte das passieren? Das ist eine Katastrophe. Wenn dem dämlichen Dinosaurier etwas zustößt, dann sind wir geliefert, und vorbei ist es mit Ruhm und Reichtum! Wer steckt dahinter? Eine Tierschutzorganisation oder die Mafia? Das darf doch alles nicht wahr sein!", redete er ohne Punkt und Komma.

„Holen Sie Luft!", sagte Bakary deutlich. Doch Porto schäumte vor Wut und redete sich beinahe um Kopf und Kragen.

„Seien Sie still!", schrie Bakary dieses Mal in den Hörer.

„Wir werden den Dinosaurier schon finden."

Bakary bekam wieder einmal einen Hustenanfall und hatte Mühe sich zu konzentrieren.

Kurzzeitig war die Telefonleitung still, bis Porto das Schweigen brach.

„Sorry …, aber das ist unsere einzige Chance. Wir brauchen den Dinosaurier lebend. Vermutlich ist die Bande von Verbrechern schon außer Lande. Und wenn die Presse davon Wind bekommt, dass es einen lebendigen Dinosaurier gibt, haben wir ein für alle Mal verloren."

„Es sind Kinder", sagte Bakary ernüchtert.

„Bitte was?"

„Kinder haben den Saurier entführt."

Vermutlich stand oder saß Porto mit offener Kinnlade da.

„Das ist unglaublich!", sagte er nach einer kurzen Unterbrechung.

„Ja!"

„Und was machen wir jetzt?"

„Ich weiß, wo sie hinwollen. Was wir aber nicht verhindern können, gegenwärtig jedenfalls nicht. Denn bis wir ein Team zusammengestellt haben, sind sie schon mittendrin. Dennoch, wir werden sie finden und holen uns den Dino zurück. Ich schlage vor, wir treffen uns in drei Stunden."

„Und wo?", will Porto wissen.

„Die Örtlichkeit ist ihnen bekannt. Dort werden wir uns treffen und alles weitere besprechen. Aber bis dahin müssen wir Ruhe bewahren. Wir dürfen jetzt nicht in Panik verfallen."

Bakary legte den Telefonhörer auf, ohne auf eine Antwort zu warten.

Er schaute nachdenklich. Niemand außer ihm wusste, welche Gefahren der Dschungel mit sich bringen konnte. Unzählige Tage und Nächte hatte er dort leben müssen, als Söldner gekämpft, getötet. Das war bereits viele Jahrzehnte her. Dennoch, die Erinnerungen ließen ihn oft nicht in Ruhe, vor allem nachts, wenn er wieder einmal schweißgebadet aus einem Flashback erwachte.

Kapitel 13

DAS VERBORGENE SIGNAL ...

Zur selben Zeit, doch viele Kilometer von John entfernt, erwachte, fünfzig Klafter tief unter dem Eis, ein Funksender zum Leben. Seine gelbe Leuchtdiode, die anfangs schwach, doch mit jeder Sekunde stärker wurde, baute eine Verbindung zu der Forscherstation an der Antarktis auf, dort wo Johns Vater Andy arbeitete.

„Andy!", rief eine Stimme aufgeregt.

Ein Mitarbeiter des Forscherteams traute seinen Augen nicht. Mit offenem Mund schaute er gebannt auf den Bildschirm des Monitors und ließ sich in den Bürostuhl zurückfallen.

„Es ist nicht zu fassen", sagte er leise. „Andy, komm mal schnell her", verdeutlichte Maik die Dringlichkeit.

„Ja ich verstehe sie ganz schlecht", meinte Andy, der gerade mit einem Ohr am Satellitentelefon hing.

„Hören Sie, die Verbindung ist miserabel." Angespannt lief er in der Forscherstation auf und ab.

„Andreas Alfred Hammond!" So nannte Maik seinen Freund und Kollegen nur, wenn irgendetwas Wichtiges auf ihn wartete. „Ich habe hier was, das musst du dir unbedingt ansehen."

„Warte kurz", antwortete er. „Ich versuche gerade zu telefonieren."

„Ja, ich weiß, aber das hier, oh mein Gott!" Widerwillig riskierte Andy einen flüchtigen Blick auf den Bildschirm. Doch war er zu sehr abgelenkt, um auf den ersten Blick die Wertigkeit zu erkennen.

„Nein, ich verstehe Sie immer noch schlecht, wir müssen …"

Erst auf den zweiten Blick erkannte er, was Maik ihm sagen wollte.

„Warten sie, ich …" Andy nahm das Satellitentelefon vom Ohr und machte große Augen.

„Was zum Teufel ist das?"

Dann ließ er den Telefonhörer fallen.

„Du dachtest dein Sohn hätte den Peilsender verbummelt", meinte Maik, „jetzt ist er wieder da. Und rate mal wo?"

„Wo?"

Maik vergrößerte das Bild.

„Dort wo er nie sein sollte, am Drachenfelsen."
Schnell nahm Andy den Hörer wieder ans Ohr.

„Hallo, verstehen sie mich jetzt besser …? Ja …, gut, leider muss ich das Gespräch verschieben, ich melde mich wieder bei Ihnen ", sagte er und legte auf. Dann rannte er zurück zum Monitor.

„Wie zum Teufel ist das möglich, das kann nicht sein."

„Doch ist es aber."

„Ich hatte ihm ausdrücklich untersagt dort hinaufzuklettern, es ist lebensgefährlich. Und trotz meines Verbotes hatte er es getan." Andy verfiel kopfschüttelnd in Blickstarre. „John weiß doch, was seinem Großvater geschehen ist."

„Er ist halt unbelehrbar, ich würde behaupten, genau wie sein Vater", scherzte Maik.

„Witzbold! Und was machen wir jetzt?"

„Weiß nicht. Morgen soll das Wetter besser werden und …"

„Du hast Recht, morgen sehen wir uns das an."

Am nächsten Tag, als der Sturm nachließ, so wie es die Wetterprognose verlässlich vorhergesagt hatte, machten sich Maik und Andy zusammen auf den Weg, um den Peilsender zu bergen.

Trotz des guten Wetters und demzufolge auch beste Bedingungen für den Aufstieg, hatten die in die Jahre gekommenen Herren Mühe, relativ gefahrlos den Berg zu bezwingen. Es war klirrend kalt und mit jedem anstrengenden Atemzug, bohrte sich die Kälte in ihre Lungen.

„Leck mich am Hintern", schimpfte Andy. „Man bin ich aus der Puste."

„Wir sind wirklich nicht mehr die Jüngsten, mein Freund", schnaufte Maik.

Völlig erschöpft erreichten sie den Gipfel des Bergs und lagen rücklings im Schnee.

„Ich frage mich wie in Gottes Namen hat mein Sohn das geschafft. Wenn ich nicht so stolz auf ihn wäre, hätte er für sein ungehorsames Verhalten eine Tracht Prügel verdient. Puh", atmete Andy kräftig durch, „meine Lunge pfeift. Ich sollte mit dem Rauchen aufhören."

„Das habe ich dir schon immer gesagt", folgte ein kurzatmiger Kommentar.

Nach einer Verschnaufpause, als das Atmen leichter fiel, war sogar ein Lächeln in Andys Gesicht zu erkennen.

„Wo müssen wir lang?", fragte er.

Maik richtete sich auf. Er schaute auf den Empfänger und versuchte, die Richtung zu orten, von wo aus, das Signal kam. Da der Wind auf der langgestreckten Bergzunge einem ziemlich um die Ohren wehte, musste eine Armbewegung als richtungsweisend reichen.

Stumm stimmte Andy zu und folgte seinem Kollegen.

Die Schneestöcke versanken gut einen Meter tief in den Schnee. Jeder Meter, den sie zurücklegten, kostete eine Unmenge an Energie und Kraft.

„Wir kommen dem Signal immer näher, aber …", brüllte Maik gegen den tosenden Wind an.

Andy wusste, was er ihm sagen wollte. Der Drachenberg machte seinem Namen alle Ehre. Das Wetter hier oben war unberechenbar und konnte von einer Minute auf die andere umschlagen. Leider spürten die beiden das am eigenen Leib. *Umkehren oder weiter?,* überlegte Andy.

Er entschied sich fürs Weitergehen, auch wenn es vielleicht unverantwortlich war. Dieser Berg hatte wahrhaft seine Tücken.

„Warte. Siehst du das?", bewegte er seinen Kollegen zum Stehenbleiben.

„Verrückt, das gab es hier noch nie."

Noch nie zuvor hatten sie hier oben diese Spalte gesehen, die tief in den Berg führte.

„Das muss das Erdbeben ausgelöst haben", schrie Maik. „Hier genau an dieser Stelle sollte der Sender liegen. Tut er aber nicht." Das Sprechen fiel ihnen schwer. Der Sauerstoff war dünn.

Andy machte noch einige wenige Schritte und stellte sich an den Rand der Spalte.

„Du meinst John war dort unten?", schrie Andy seinem Freund direkt ins Ohr.

„Ich glaube, ja? Oder es ist aus Versehen dort hineingefallen, als er es verlor."

Nach kurzem Zögern meinte Andy: „Gut, ich will sehen was dort unten ist."

„Wirklich?"

„Wie lang ist das Seil, das wir mithaben?"

„Hundert Meter, plus minus zehn."

„Vielleicht haben wir Glück und es reicht bis ganz nach unten", erklärte Andy lautstark, „Wenn du mich sicherst, würde ich es gerne versuchen wollen. Ist das für dich okay?"

„Du kannst dich auf mich verlassen", antwortete Maik. „Ich lasse das Seil nicht los. Auf keinen Fall. Versprochen."

Er klopfte ihm dankbar auf die Schulter. Dann befestigte er das Sicherungsseil.

Maik suchte einen festen Stand, um bei Gefahr nicht selbst in die Tiefe hineingezogen zu werden, während Andy sich sicherte. Dann gab es einen letzten Check der Walkie-Talkies und …

„Hals und Beinbruch, mein Freund", sagte Maik. Beide umarmten sich, bevor es nach unten ging.

„Pass gut auf mich auf."

Er schaltete seine Kopflampe an und seilte sich vorsichtig Meter für Meter in die Tiefen des Bergs ab. Nachdem sein Kopf im Schlund des Berges verschwunden war, herrschte oben eine beunruhigende Stille. Der Wind, der an der Spitze des Berges tobte, war wie weggeblasen. Es war plötzlich gespenstisch still.

Hingegen kämpfte Maik gegen den beißenden eisigen Wind. Man könnte meinen, dass man seinen Bart einfach abbrechen könnte, so voll war dieser mit Eiszapfen behangen. Auch die benetzten Augenbrauen waren nicht besser dran.

Bei Andy dagegen war es wie im Märchen. Die Wände glitzerten wie Edelsteine. Stück für Stück ging es tiefer bergab.

„Ist das fantastisch", meinte er leise.

Erleichtert konnte er den näher rückenden Boden sehen. Nur noch wenige Meter, und er war von dem schwankenden Seil befreit. Dann spürte er endlich wieder festen Boden unter den Schuhen.

Auch Maik merkte jetzt, dass das Seil nicht mehr auf Zug war. Das musste bedeuten, dass sein Freund angekommen war. Er hatte den Boden erreicht. Sofort rief er ihn über das Funkgerät.

„Andy, ist alles okay?"

Doch Johns Vater erstarrte voller Ehrfurcht. Noch nie zuvor hatte er so ein glitzerndes Farbenspiel der Kristalle im Lichterstrahl gesehen. Er war gefangen von der Magie, die sich rings um ihn erstreckte.

„Andy, bitte kommen. Ist alles okay?", fragte Maik ungeduldig nach.

Der tosende Wind war eindringlicher zu hören als die gesprochenen Worte Maiks.

Er schaute sich weiter um, ohne einen Schritt vor den anderen zu setzen.

„Ja mir geht's gut", antwortete er.

Endlich kam das erhoffte Lebenszeichen. Doch der Wind machte es fast unmöglich, etwas zu verstehen. Maik machte sich klein und hielt seinen Rücken in den Wind.

„Geht es dir gut?", fragte er erneut nach.

„Das musst du dir ansehen."

„Was?"

„Du sollst hier runterkommen."

„Würde ich ja gerne, aber irgendjemand muss dich wieder hochziehen."

Erst jetzt bewegte sich Johns Vater vorwärts, langsam, ganz langsam. Er berührte den mächtigen Eispanzer der Höhle. Das Eis war meterdick und die Höhle eine riesige Eiswelt. Plötzlich bemerkte er, dass etwas ungewöhnlich war. Als er an einer Stelle das Eis berührte, schien es so, dass es an dieser Stelle dünn war. Er hielt kurz inne. Es kam ihm unglaublich spannend vor. Ohne groß über mögliche Risiken nachzudenken, hämmerte er mit einem Eispickel ein Loch von ein Meter mal ein Meter frei. Dann sah er das Unerwartete. Auf einmal tat sich ein Labyrinth von noch weiteren Höhlen auf. Sein Herz raste vor Aufregung. So müssen sich Archäologen fühlen, wenn sie auf immer neue Überraschungen stoßen.

Immer tiefer drang er in den Berg ein. Dann hinderte das Seil ihn daran, weiterzugehen.

„Oh mein Gott", meinte er voller Demut, als er sah, was sie dort gefunden hatten.

Beiläufig löste er sich vom Seil und leuchtete die Höhle mit dem Lichtstrahl seiner Lampe aus.

„Du musst herunterkommen", funkte er Maik an.

„Was, ich kann dich schlecht verstehen, hier oben ist die Hölle los."

„Gott, der Allmächtige, hatte hier seine Hände im Spiel", sagte er ehrfürchtig.

Maik hörte ihn kaum.

„Andy?"

„Du sollst herunterkommen, lass dich einfach fallen."

„Was, ist das dein Ernst?"

„Ja mein voller Ernst. Ich verspreche dir, dass wir beide hier wieder heil herauskommen."

„Aber das Seil."

„Lass es fallen und rutsch einfach runter. Viel Spaß."

„Ich soll was? Rutschen. Bitte? Nur über meine Leiche! Niemals", meinte Maik ungläubig.

„Vertrau mir!"

Und wenn er sagt, steck dir Kastanien in die Nase, damit du besser Luft bekommst, mach ich das? Natürlich nicht, ist ja auch idiotisch. Warum sollte ich?, führte Maik in Gedanken konfuse Selbstgespräche.

„Am Arsch, ich warte hier oben auf dich", schrie er in das Funkgerät.

„Ich schwöre dir, du wirst heil hier unten ankommen, dir wird nichts passieren. Es ist wie eine Wasserrutsche."

„Wasserrutsche also, ja. Und warum bist du nicht gerutscht?"

Doch auf diese Frage bekam Maik keine Antwort mehr. Andys Funkgerät verlor in der Tiefe der Höhle den Empfang.

„Hallo, Andy", versuchte Maik Kontakt zu bekommen, doch alle Mühe war vergebens. Resigniert steckte er das Funkgerät bei Seite.

„Klugscheißen könnte ich auch, wenn ich schon unten wäre. Rutsch einfach runter. Leck mich doch am Arsch", führte Maik fortwährend Selbstgespräche.

Widerwillig feuerte er das Seil in den Schlund des Berges.

„Und wehe ich bekomme einen blauen Fleck, dann Gnade dir Gott", waren seine letzten Worte, als er allen Mut sammelte und sich fallen ließ.

Ein gewaltiges Kreischen, so als wenn jemand Angst vor einer fetten ekligen Spinne hatte, dröhnte aus dem tiefen Höllenschlund des Drachenberges.

Während Andy ehrfürchtig seine Hände vor den Mund hielt, hatte Maik die Rutschfahrt seines Lebens, und da war er auch schon angekommen. Wie eine Eisprinzessin, die eine wunderschöne Pirouette drehte, trudelte er langsam aus und das Licht der Kopflampe spiegelte sich an der Höhlendecke wider.

Hastig stand er auf und klopfte seinen Po sauber.

„Andy?", rief Maik nach seinem Freund, der weder zu sehen noch zu hören war. Nur ein schimmernder Lichtschein verriet seine Position.

Ohne die Schönheit der Höhle zu betrachten, lief er in dessen Richtung.

„War das geil. Ich will nochmal", rief er Andy zu. Wer hätte das gedacht? Anstatt Andy zu maßregeln, was er sich dabei gedacht hatte, ihn in solch eine gefährliche Situation zu bringen, hatte er so viel Spaß wie lange nicht mehr.

Doch sein Freund konnte seinen Worten nur schwer folgen, noch immer war er zu beeindruckt, von dem, was er sah.

„Ach du heilige Madonna, was ist das?", sagte er, als er neben Andy stand.

„Hier hatte Gott seine Hände im Spiel. Das Ganze hier ist eine verdammte Arche Noah."

Maik kreuzte sich mehrmals mit schnellen Handbewegungen.

„Leibhaftig, du hast recht", bestätigte er. „Wir haben den heiligen Gral gefunden."

„Es war nie ein Gefäß, aus dem man trinkt", erklärte Andy. „Nein das hier, was Millionen von Jahren verborgen unter dem Eis lag, ist der wahre heilige Gral."

„Das hat die Welt noch nie gesehen", staunte Maik, der seine Kinnlade nicht mehr zubekam.

Beide lächelten sich an.

„Wir auch nicht", sagten sie synchron.

Freudestrahlen fielen sie sich in die Arme.

Und sie hatten Recht. Die Geschichte von der Arche Noah gab es noch bevor der Glaube an Gott überhaupt existierte. Vor Jahrmillionen als die Dinosaurier auf dieser Welt herrschten, erstreckte sich hier, wo heute nur Eis und Schnee existierte, ein wunderschönes Tal mit einer grünen Oase. Angrenzend an der Ebene, lag schon damals der Drachenberg, der um einiges höher war, als er heutzutage scheint. Allerdings war der Berg mit dichtem Baumbewuchs bedeckt. Oberhalb der Bergspitze entsprang ein tosender Wasserfall, der den See im Grüntal speiste. Hinter dem Wasserfall war der Eingang zum Drachenberg. Irgendwann in der Zeitepoche der Dinos, sollte ein Unglück über sie hereinfallen und obwohl sie groß und stark waren, hatten sie gegen diese Macht nicht den Hauch einer Chance. Sie spürten die Gefahr, doch sie ergaben sich nicht einfach ihres Schicksals. Tage zuvor, als sie das Unheil heimsuchte, stand der Himmel in einem tief dunkelroten violett. Als dann auch die Nächte ausblieben, war die Zeit gekommen und sie machten sich auf den Weg. Egal, ob Freund oder Fressfeind, in dem einen Moment hatten sie Frieden geschlossen. Eine Herde unzähliger Artenvielfalt wanderten oft viele Tage lang zu diesem einem Ort. Gemeinsam fanden sie sich am Fuße des Drachenbergs ein. Hier waren sie alle gleich. Es war ihre letzte Reise. Friedlich hatten sie zusammengefunden, um hier einen Platz zu schaffen, wo sie der Nachwelt, nachdem sie eine andere Reise antreten würden, ein Vermächtnis zu hinterlassen. Sie wussten, eines Tages wird die Zeit kommen, an dem sie erneut auferstehen.

„Das sind unzählige Dinosaurier Eier", lachte Maik. „Was für ein Wahnsinn. Zwick mich mal, ich glaube, ich träume."

„Nein, mein Freund du träumst nicht", antwortete Andy. „Jäger und Gejagte, sie alle hatten miteinander Frieden geschlossen, um ihrer aller Zukunft zu sichern. Sie waren für einen historischen Moment Gefährten. Dann holte sie der Tod."

„Ich würde alles dafür geben, um an diesem geschichtlichen Tag dabei gewesen zu sein", schwärmte Maik.

„Die beste Arche der Welt. Sie haben einen Platz des Lebens geschaffen, konserviert im ewigen Eis."

„Weißt du, was das bedeutet? Das ist die größte Entdeckung der Menschheitsgeschichte."

„Definitiv!"

Für einen kurzen Moment fehlten ihnen die Worte. Bis zu dem Zeitpunkt, an dem Andy das Schweigen brach. „Aber wo ist der Peilsender?"

Maik zückte den Empfänger.

„Nicht in diesem Teil der Höhle. Wir müssen zum Ausgangspunkt zurück."

„Okay, lass uns gehen."

Maik redete ohne Punkt und Komma.

„Wir sind die größten Entdecker. Unsere Namen werden für alle Zeiten in den Geschichtsbüchern stehen."

Während er weiterredete, blieb Andy plötzlich stehen.

„Ist was?", fragte Maik, der gedanklich schon ganz woanders war.

„Nein, sind wir nicht", sagte er ohne jegliche Emotion.

„Da ist er ja", freute sich Maik und hob den Peilsender auf, der völlig in Ordnung schien. Doch wer im Schatten des Berges ruhte, sah er nicht.

„Was meinst du?", fragte Maik nach, „Wieviel Geld lässt sich mit der Entdeckung verdienen. Schließlich sind wir die Ersten, die es gefunden haben."

„Sind wir nicht", wiederholte er seine Aussage.

„Was redest du, logisch sind wir die ersten, oder siehst du noch irgendjemanden außer uns?"

Andy gab den Blick für Maik frei und trat ein Stück bei Seite.

„Nicht wir haben die Arche Noah entdeckt, sondern …"

„Ach du heilige Madonna", fuhr Maik erschrocken zurück. „Das glaube ich jetzt nicht."

Andy kniete sich nieder.

„Er hat sie zuerst entdeckt und passte die ganze Zeit darauf auf."

„Ist das dein Großvater? Du hast ihn wiedergefunden."

„Ja, das habe ich", meinte er leise.

*****

Es war der 28. November 1888, als Johns Urgroßvater Karl zum letzten Mal erblickt worden war.

„Ich habe den größten Schatz gefunden, den je ein Geschöpf im Auge seines Antlitzes gesehen hat, und darauf stürzen wir den Becher, Prost!", sagte dieser.

Das Wirtshaus war gut getankt, doch Urgroßvater Karl, saß allein an seiner Tafel. Niemand wollte irgendetwas mit ihm zu tun haben. Wer glaubte schon einem versoffenen alten Mann, den alle als Wolkenschieber bezeichneten.

„Ich werde es euch beweisen, allen werde ich es beweisen. Bei meiner Seele!", redete er mit seinem halbleeren Tonkrug und war wie so oft in seinem Weinrausch gefangen. Was konnte schon ein umstellter, gebecherter alter Mann finden. Nichts! Alle frohlockten hinter seinem Buckel. In der Nacht vom 28. zum 29. November machte sich Karl zu seiner letzten Reise auf. Er wollte es allen zeigen, dass er doch kein verrückter Einsiedler war. Er hatte es gesehen, mit eigenen Augen, als der Drachenberg sein Geheimnis offenbarte. Ein Erdbeben hatte einige Tage zuvor den Eingang zur Höhle freigelegt. Jetzt war Karl besser vorbereitet, als am Tag zuvor und war fest entschlossen den Beweis aus der Höhle des Drachens zu bergen. Mit einem geschulterten Sack stieg er in den Schlund des Berges. Der Anblick, der sich vor ihm auftat, war überwältigend. Nur Gott konnte, in seinen Augen, zu so etwas fähig sein. Was dann geschah, konnte niemand sagen. Es musste ein zweites Beben gegeben haben, das die Höhle für alle Zeit verschließen sollte und Urgroßvater Karl sollte für alle Zeit sein Geheimnis für sich behalten. Sein Schatz hatte ihn gerufen und er wurde eins mit ihm. Eins mit der Geschichte, die bald jeder erfahren sollte. Am 29. November 1888 verschwand er spurlos und war bis zu diesem Zeitpunkt nie wieder gesehen worden. Urgroßvater Karl hinterließ eine kranke Frau und zwei Kinder.

*****

„John war hier. Vermutlich wurde er überrascht als die Erde sich auftat und ist in die Schlucht gefallen."

„Gerutscht, so wie ich. Dabei hatte er den Peilsender verloren", erklärte Maik.

„Ja, er hatte Glück im Unglück." Andy machte eine Pause. „Er hatte sich nicht getraut es mir zu sagen."

„Vermutlich ja", bestätigte sein Freund. „Er hatte unbeschreibliches Glück." Maik blickte sich um. „Und wie ist er wieder herausgekommen?"

„Entweder über einen anderen Ausgang oder er ist die Rutsche hinaufgestiegen. Jedenfalls war er nicht allein, als er den Drachenberg verließ."

„Was meinst du?", fragte Maik.

„Siehst du diesen einen Abdruck", Andy zeigte auf den Boden, „hier lag ein Ei, genau an dieser Stelle. Man kann es deutlich erkennen. Komm lass uns nach einem Ausgang suchen. Ich muss ihn anrufen. Wir haben seinen Urgroßvater gefunden und wer weiß, was aus seinem Ei geworden ist. Wenn er es geschafft haben sollte, dieses Ei zum Leben zu erwecken, glaube mir, dann ist er in großer Gefahr."

„Ja, das glaube ich auch."

„Komm mein Freund, wir gehen."

Kapitel 14

ENTSCHEIDUNG MIT FOLGEN ...

Mit zunehmender Dunkelheit wurde die Stimmung grauer. Nach anfänglicher Euphorie siegte am Ende die Müdigkeit. Sputnik schlief mit offenem Mund, Fanta bediente sich ihres Rucksacks und nutzte ihn als Kopfkissen und John schlief eng angekuschelt an Clumsy. Dem Dino ging es gesundheitlich besser, wesentlich besser als noch vor drei Stunden. Doch er hatte sich verändert. Sein Blick war geneigt und erstarrte gedankenversunken auf einem Punkt. *Worüber er wohl nachdachte? An die Ereignisse, die gewesen waren, oder an das, was noch kommen mag?,* fragte sich John.

„Wir sind da", sagte Egon, hielt den Wagen an und stellte den Motor ab.

„Schon?", fragte Sputnik müde aus dem Schlaf gerissen und rieb sich die Augen.

Vor ihnen lag der in Mondschatten gehüllte, undurchdringliche Dschungel. Nur das Standlicht des Fahrzeugs umriss einige der uralten Bäume, die schon seit vielen Jahrzehnten diesen Ort ihr Zuhause nannten.

„Wir müssen zu Fuß weiter", sagte Egon.

Auch Sputnik erwachte und wischte sich schlaftrunken die Spucke aus den Mundwinkeln.

„Fanta, aufwachen, wir sind da", sagte John leise.

„Wie geht's Clumsy?", war ihre erste Frage. Sie hatte sichtlich Mühe, die Augen zu öffnen.

„Gut, ich glaube, er hat wie wir ein wenig geschlafen", erklärte John.

„Er war die ganze Zeitlang wach", verbesserte Egon ihn, der Clumsy hin und wieder im Rückspiegel betrachtet hatte.

Anfangs stutzte John über die Art und Weise, wie Egon es sagte. So, als hätte er sich eine neue Charaktereigenschaft mit dem Namen „Feingefühl" erworben. Er wirkte plötzlich so sensibel, doch das mochte nichts heißen. Vermutlich war er nur hundemüde.

„Wir müssen gleich aussteigen, mein Freund", meinte John und streichelte den Dino am Hals. „Wir müssen zu Fuß weiter. Verstehst du?"

Clumsy war wie gelähmt. Er verharrte noch immer in dieser nachdenklichen Haltung.

„Dann wollen wir mal", sagte Sputnik und stieg mit seinem Rucksack aus dem Fahrzeug. Nach ihm folgten Egon, dann Fanta und John der als Letztes ausstieg. Sie alle standen Spalier, als Clumsy schwermütig dem Wagen entstieg. Er schaute weder rechts noch links. Sein Blick war weit nach vorn gerichtet.

„Nicht so schnell, wir kommen mit", scherzte John frohlockend, als er sah, dass sein Freund es eilig hatte.

Doch der einst so kleinkindliche Dino wirkte plötzlich so erwachsen. Er ließ sich nicht beirren und setzte seinen Weg fort.

John lief seinem Freund hinterher.

„Clumsy, so warte doch. Was ist denn mit dir?"

Als der Dino kurz stehen blieb, würdigte er John keines Blickes. Nur der Vollmond, der tief in seine Seele schaute, spiegelte sich in seinen mit Tränen angereicherten Augen. Sein Atem war schwer. So wie sein Herz. Mit einer verneinenden, kopfschüttelnden Geste setzte Clumsy seine Reise fort und ließ John einfach stehen.

„Wo willst du hin. So warte doch?", schrie John.

„Es ist seine Art sich zu verabschieden", rief Egon ihm zu.

Hektisch drehte sich John zu seinen Freunden um.

„Von welchem Abschied redest du hier, verdammt nochmal? Er kann doch nicht einfach …"

„Doch er kann", fügte Egon hinzu.

Egon hatte die ganze Autofahrt Clumsy im Rückspiegel beobachtet. Er konnte nicht genau sagen, wann und warum er es plötzlich fühlen konnte, dass der Dino irgendwann auf der langen Autofahrt den einen Entschluss für sich getroffen hatte, die Gruppe zu verlassen.

„Clumsy will dich keinen weiteren Gefahren aussetzen."

„Wieso?"

Alle schwiegen, bis auf Egon.

„Er möchte nicht, dass dir irgendetwas Böses zustößt. Es ist schon viel zu viel Leid passiert. Lass es gut sein John, und lass Clumsy den letzten Weg alleine gehen. Er will es so."

„Nein … Verdammt! Clumsy ist ohne mich aufgeschmissen."

John war außer sich vor Wut, der sich den Abschied, der ihm ohnehin schon die ganze Zeit schwer im Magen lag, ganz anders vorgestellt hatte. Der erwachsengewordene Dino hatte schweren Herzens das Rudel verlassen und musste von nun an auf eigenen Beinen stehen.

„Es ist sein Wille, John", bekräftigte Egon seine Sichtweise auf das Ereignis.

Dann verschwand Clumsy im Dickicht des Dschungels und ein letzter Donnerschrei, tief aus seiner Seele, ließ die Baumkronen erzittern. Darauf verstummte sein Schrei und alles wurde still.

Johns Herz war gebrochen. „Clumsy du dummer Junge." Tränen sammelten sich in seinen Augen und ließen die Ferne verschwommen erscheinen.

*****

„Was war das?", zuckte Claus erschrocken zusammen, der ebenfalls einen Donnerschrei vernahm. „Hast du das auch gehört?"

„Stopp, halt den Wagen an", lächelte Hans, als er sah, wen sie vor sich hatten. „Schau mal, wir haben sie gefunden."

Auch Claus erblickte jetzt die Gruppe und ließ den Wagen ausrollen.

„Da sind sie endlich", lächelte auch er und hielt den Wagen an.

„So ist es gut", lobte der ältere Bruder den Jüngeren. „Nur nicht zu dicht auffahren, sonst bekommen sie etwas mit. Und wer weiß, ehe wir uns versehen, fahren sie mit unserer wohlverdienten Ruhestand davon und das wollen wir nicht."

Hans konnte die Gruppe gewiss sehen, doch waren sie zu weit entfernt, um alles genau zu beobachten.

„Was machen die da?", wunderte er sich. „Gib mir mal das Fernglas!"

„Eine Pipipause?", nuschelte Claus, aus dessen Mund ein weißer Plastikstiel herausragte.

„Möglich, ja", bekräftigte sein Bruder die Vermutung. „Doch wo ist der Dino? Ich kann ihn nicht sehen!"

„Vermutlich im Wagen?", antwortete Claus.

Hans legte das Fernglas auf seinem Schoß ab. Er dachte nach.

„Chef, weißt du, was ich mir überlegt habe", sprach Claus mit vollem Mund und zog dabei die

Nase. „Wenn wir reich sind, werde ich mir einen lebensgroßen Schokobrunnen kaufen und jeden Tag darunter duschen. Und das Allerbeste ist, das du auch darunter duschen darfst. Ist das nicht toll?"

„Großartig!", sagte Hans gleichgültig. Er griff erneut zum Fernglas und beobachtete die anderen. „Was geht da vor sich?"

„Oder ich kaufe mir ein richtiges Lebkuchenhaus, wo ich drin wohnen kann", träumte Claus laut. „Weißt du? So eins wie bei Hänsel und Gretel. Oder noch besser. Ich kaufe mir ein riesiges Lebkuchenhaus mit Schokobrunnendusche."

„Kannst du deine Klappe halten?", knurrte Hans. „Du gehst mir, verdammt nochmal, auf den Zeiger. Und nimm endlich deinen Lolli aus dem Mund, du bist erwachsen."

„Nein warum sollte ich?", meinte Claus entsetzt. „Das ist mein Markenzeichen."

Hans schaute seinen Bruder an, hielt das Fernglas aber noch in Stellung. „Dein was?"

„Markenzeichen oder Wiedererkennungswert, Alleinstellungsmerkmal."

„Wer hat dir denn diese Wörter beigebracht?"

„Du solltest dir auch ein Markenzeichen zulegen", frohlockte Claus. „So wie Charlie Chaplin seinen Gehstock hatte, wie Einhörner das Einhorn tragen oder Columbo mit seinem zerknautschten Trenchcoat, trage ich einen Lolli. Wir gehören zusammen. Claus und der Lolli."

„Du machst mich wahnsinnig", fauchte Hans und schaute kopfschüttelnd durch die Sehhilfe. „Mach das Licht aus oder willst du, dass die uns sehen?"

Claus knackte provozierend seinen Lolli, dann löschte er das Licht am Fahrzeug.

Das bekam auch Egon mit. Irgendetwas war plötzlich anders. Eigentlich hätte er das grelle Wagenlicht sehen sollen, doch erst jetzt, wo es gelöscht war, bemerkte er es …

„Ich glaube, wir werden verfolgt."

„Was?", fragte Fanta nervös.

„Dreht euch nicht um", sagte Egon. „Hinter uns, circa einhundert Meter entfernt steht ein Wagen."

„Wie lange steht er schon da?", wollte Fanta wissen.

„Weiß ich nicht", antwortet Egon auf die Frage. „Ich weiß nur, dass wir schleunigst von hier verschwinden sollten."

„Wo, ich sehe nichts?", meinte Sputnik, der einen kurzen Blick über seine Schulter riskierte.

„Ich sagte nicht hinschauen", zischte Egon. „Kannst du auch nicht. Die haben soeben das Licht ausgemacht. Sofort alle einsteigen, und das ist jetzt keine Bitte."

„John kommst du?", rief Fanta ihrem Freund zu, der regungslos dastand. „Wir sollten fahren."

John schaute noch immer Clumsy nach. Er begriff nicht, was gerade passiert war. Das, was er aber fühlte, war eine bittere Eiseskälte, die durch seinen Körper zog.

„John, wir müssen fahren, jetzt", verdeutlichte Fanta die Dringlichkeit.

Mit hängenden Schultern stieg er kommentarlos in den Wagen ein.

„Und jetzt?", fragte Fanta, dessen perfekter Plan soeben auserzählt worden war.

„Wer sind die?", fragte Sputnik.

„Wer ist was?", stellte John eine Gegenfrage, da er von alldem nichts mitbekam - bis jetzt.

„Wir werden verfolgt", erklärte Fanta die neue Sachlage.

„Bitte?", fragte John, der meinte sich verhört zu haben.

„Personen in einem Auto beobachten uns", sagte Egon. „Vermutlich schon eine ganze Weile."

„Und wir wissen nicht, wer die sind", verdeutlichte Sputnik, „und was die wollen."

„Die wollen Clumsy", sagte John traurig. „Sogar hier ist er nicht sicher. Und wir, wir alle haben geschworen ihm zu helfen. Jeder Einzelne von uns." John atmete schwer. „Ich für meinen Teil, werde dieses Versprechen halten. Was ist mit euch?"

Er schaute in die Runde und traf auf ratlose Gesichter. Doch nach einer Weile des Schweigens kamen die ersten Wortmeldungen:

„Ich steh zu meinem Wort", sagte Egon.

„Ich ebenfalls", erwiderte Sputnik.

„Ich bin dabei", schwur auch die Letzte im Bunde.

„Also lasst uns fahren", schlug John vor.

„Aber wohin?", fragte Fanta.

„Tiefer in den Dschungel hinein."

„Aber hier geht es nicht weiter!", erklärte Sputnik.

„Eine Möglichkeit gibt es", meldete Egon sich zu Wort. „Circa dreißig Meter hinter uns gibt es einen Feldweg, der allerdings nicht sehr vertrauenserweckend aussieht. Das wäre unsere einzige Chance, tiefer in den Dschungel einzudringen."

„Also, worauf warten wir", sagte John. „Lass uns den Weg einschlagen. Mal sehen was passiert."

Langsam setzte Egon blind den Wagen zurück. Ohne Fernlicht wollten sie vermeiden, gesehen zu werden. Dann bog er ein. Immer im Blick, was sich hinter seinem Rücken abspielte.

„Kannst du sie sehen?", fragte Fanta beunruhigt.

„Ich glaube wir haben sie abgehängt!", antwortete Egon, der sich auf das Fahren konzentrieren musste. „Es ist so verdammt dunkel ohne Licht."

Er hatte Schwierigkeiten, den Wagen sicher zu steuern. Jedoch nur so, ohne Beleuchtung, hatten sie eine Chance die Verfolger abzuhängen. Alle waren angespannt und atmeten schnell.

„Fahr bitte vorsichtig", sagte Fanta.

„Ich passe auf!"

Dann plötzlich wie aus dem Nichts, stach eine Fernlichtfontäne von hinten in den Wagen ein. Jetzt waren sie im Blindflug.

„Fuck, sie sind wieder da!", fluchte Sputnik.

Der Wagen brach nach allen Seiten aus.

„Ich kann nichts sehen", erklärte Egon und kniff die Augen zusammen.

„Mach die Scheinwerfer an", forderte John, „Es ist jetzt egal, sie haben uns."

„Kannst du sie abschütteln?", fragte Fanta.

Egon griff jetzt fest ans Lenkrad. „Ich versuche es. Haltet euch fest."

Mit tosendem Geräusch verließ Egon den vermeintlich sicheren Weg und bog rechts ab.

„Verdammt, sie biegen ab", schrie Hans seinem Bruder zu.

„Festhalten", befahl Claus, „ich nehme eine Abkürzung.", sagte er und bog einen Feldweg früher in den Wald ab.

Kapitel 15

IN EINER SACKGASSE ...

„Du Idiot!", fluchte Hans und schlug dabei Claus, der auszuweichen versuchte, mit der Faust auf den Kopf. „Du und deine Abkürzung!"
Claus hatte den Wagen im Schlamm festgefahren. So sehr er sich auch bemüht hatte, ging es weder einen Meter vor noch zurück. Sie steckten fest, inmitten einer schlammigen Piste. Vorne aus der Motorhaube waberte heißer Qualm hervor. Der Wagen war am Ende seiner Kräfte.
„Keine Sorge, den krieg ich wieder flott. Ich hole uns hier heraus", frohlockte Claus, der trotz der fatalen Situation voller Zuversicht und Tatendrang war. „Ich versuche es nochmal."
Erneut quälte er das Fahrzeug. Die Kupplung, die durch das ständige Vor- und Zurückfahren, immer nahe an den Schleifpunkt geriet, ratterte und klirrte.

Klaus kurbelte die Fensterscheibe herunter, warf einen Blick auf die in den Schlamm festgefahrenen Räder und verschränkte danach die Arme provozierend.

„Da bin ich mal gespannt", brodelte es aus Hans heraus, „wie du hier wieder herauskommen willst."

Hastig trat Claus das Gaspedal so weit durch, wie er nur konnte. Die Räder drehten sich im Kreis, doch ohne merkliches Vorwärtskommen.

„Siehst du, geht doch. Habe ich dir doch gesagt, ich schaffe das."

Hans schaute aus der Seitenscheibe und blickte in runde Kulleraugen. Eine große Eule, die drei Armlängen von ihm auf einem Ast hockte, schien die beiden auszulachen.

„Komm, komm, los", feuerte Claus den Wagen an. „Nur noch ein kleines Stück. Gleich haben wir es geschafft."

„Hör auf!", sagte Hans im mäßigen Ton, fast schon resigniert.

Der Motor heulte heiser auf. Die Kolbenringe rasselten, als wären sie ein Schellenring. Claus war gedanklich inmitten seiner verzweifelten Rettungsaktion und überhörte die Worte seines älteren Bruders. Der Lärm des aufheulenden Motors war ohrenbetäubend.

„Stell sofort den Motor ab und hör auf mit der Scheiße hier!", schrie Hans, ansonsten wäre er kaum zu hören gewesen. Die Nadel des Drehzahlmessers stand im roten Bereich.

„Aber …?"

„Schluss, aus, Ende! Ausmachen. Verdammt noch mal", schrie Hans.

Endlich wurde es still.

Das Klima im Dschungel war heiß und feucht. Nicht nur der Wagen war am Ende seiner Kräfte, auch Hans und Claus hatten mit dem Klima ihre Probleme. Der Schweiß stand beiden bis in die Poritze. Die Kleidung klebte an ihrer Haut.

„Und?", fragte Hans nach.

„Ich finde, es ging ein kleines Stück voran", antwortete sein Bruder sichtlich gutgelaunt.

„Ach, ist das so?", erkundigte sich Hans argwöhnisch.

„Na klar. Es hat nicht mehr viel gefehlt und wir wären in null Komma nichts hier raus. Aber du wolltest ja unbedingt, dass ich den Wagen ausmachen soll. Bitte, das habe ich gemacht!", meinte er trotzig und verschränkte die Arme.

„Wir sind also, deiner Meinung nach, ein großes Stück weitergekommen?"

„Ja!", folgte eine knappe Antwort.

„Sind wir nicht, Holzkopf. Denn der Scheißvogel dort, der mich die ganze Zeit anglotzt, sitzt noch genau dort, wo er schon vor fünf Minuten gesessen hat. Schlussfolgerung, wir haben uns keinen einzigen Meter bewegt."

„Vielleicht einen Zentimeter?", fragte Claus vorsichtig nach.

„Null, zero, nada ", fluchte Hans. „Nein und nochmals nein. Wir stecken fest."

Claus schaute mit treuem Hundeblick aus der Wäsche.

„Und jetzt?", fragte er ratlos nach.

„Anschieben!"

„Wen?"

„Den Wagen!"

„Wer?"

„Na du!"

„Ich?"

„Ganz genau du!", sagte Hans ungeduldig.

„Das ist aber keine gute Idee."

„Rück beiseite!", forderte Hans.

„Aber wieso? Da draußen ist es schwül und stickig. Und voller Moskitos."

„Du sollst zur Seite rücken", ermahnte er ihn erneut.

„Aber warum?"

„Weil du uns in den Matsch gefahren hast, deshalb. So, und jetzt raus: Schieben."

Das Gesicht zu einer Zornesfalte verzogen, folgte Claus übelgelaunt den Anweisungen seines Bruders. Als er sich die Räder anschaute, waren diese fast vollständig eingesunken.

„Und wie schlimm ist es?", fragte Hans, der hinter dem Steuer Platz genommen hatte.

Claus schob seine Schirmmütze ein Stück beiseite und kratzte sich am Kopf. „Geht so. Wir können es schaffen."

Hans legte den ersten Gang ein und schaute aus dem geöffneten Seitenfenster in Richtung seines Bruders.

„Aber auf mein Kommando!", forderte Claus.

„Ja!", lächelte Hans schadenfroh.

Claus zählte den Countdown: „Zehn, neun, acht, sieben, sechs, ...,",

Doch Hans wartete nicht, bis zum Start, sondern drückte das Gaspedal bereits bei der Zahl „Drei" voll durch. Pausbackig schob Claus den Wagen an, so, als wenn es um sein Leben gehen würde. Die Hinterräder drehten durch. Modriger Schlamm flog meterweit durch die Gegend. Nach einer Weile stellte Hans den Motor ab.

„So wird das nichts", schlussfolgerte er. „Wir kommen nicht einen Millimeter vorwärts. Wir müssen zu Fuß weiter", schrie er aus dem Fenster. Doch eine Antwort ließ auf sich warten.

„Claus?", fragte er nach, als er keinerlei Lebenszeichen bekam.

Als Hans aus dem Wagen stieg, um nach seinem Bruder zu sehen, krümmte er sich vor Lachen. Das Bild, das sich vor ihm auftat, war einfach zu komisch. Claus Vorderansicht war vom Scheitel bis zur Sohle komplett mit Schlamm bedeck, nur die großwirkenden Augen stachen heraus.

Sein Bruder fand es jedoch nicht lustig. Wütend warf er seine Mütze in den Dreck und fluchte.

„Wenn es trocknet, kannst du es leichter abklopfen", folgte ein kluger Spruch von Hans, nachdem er sich vor Lachen wieder eingekriegt hatte. „Sachen schnappen, wir müssen zu Fuß weiter. Los beeile dich."

Hans hatte keinerlei Mitleid. Sein Bruder war selbst schuld, er und seine berühmt berüchtigten Abkürzungen.

Als sie bereits einige Schritte vom Auto entfernt waren, hatte Claus plötzlich eine Erleuchtung.

„Warte, wir haben noch etwas vergessen."

„Was nun wieder?"

„Unseren Hund!"

„Ach ja, du meinst *deinen* Hund", knurrte Hans.

Schwerfüßig schlurfte Claus zum Wagen zurück und öffnete die Fahrertür. „Luigi, komm her, mein Kleiner."

Claus wunderte sich, dass er ihn nicht vorfand. Hastig schaute er überall nach.

„Luigi?", rief er erneut.

Doch er bekam kein Lebenszeichen. Resigniert schaute er zum geöffneten Fenster, das sein Bruder offengelassen hatte. Luigi war vermutlich getürmt. Ihm war das ganze Unterfangen wohl zu laut, zu schmutzig gewesen und er war froh, endlich wieder frei zu sein.

„Hans!", rief Claus aufgeregt.

„Was ist?"

„Luigi ist fort."

„Na und? Mir egal, ich mochte diesen Flohzirkus eh nicht."

„Wie kannst du so etwas sagen?"

Claus kämpfte mit den Tränen. Er hatte seinen pelzigen Freund doch in sein Herz geschlossen. Wie konnte der Hund ihm das nur antun, einfach fortzulaufen.

„Nun komm endlich."

Mit gesenktem Kopf entfernte sich Claus vom Wagen. Hans sah, dass der Verlust des Vierbeiners seinem Bruder zu schaffen machte. Unruhig suchte er nach tröstenden Worten und schnaufte tief durch.

„Ihm geht es jetzt besser!", lächelte Hans aufmunternd.

„Aber warum, er hatte es doch gut bei mir?", verstand Claus die vermeintlich tröstenden Worte nicht.

Hans musste einsehen, dass er nicht die passenden Worte gefunden hatte.

„Weißt du was", meinte er und war kurz davor seinem Bruder trostspendend seine Hand auf die Schulter zu legen, machte jedoch einen Rückzieher, bevor er sich seine Hände schmutzig machen würde.

„Wir werden deinen Hund wiederfinden."

„Glaubst du das wirklich?"

„Natürlich, wer sonst, wenn nicht wir, oder?", stieß er seinen Bruder ermunternd mit der Faust gegen die Schulter, spürte aber im gleichen Atemzug, dass er sich damit keinen Gefallen getan hatte. Angewidert schüttelte er sich den Schlamm von den Fingerknöcheln.

„Du hast Recht: Wir werden ihn wieder finden", strahlte Claus endlich wieder. Seine Zähne sahen weißer aus denn je.

„Und du siehst auch gar nicht mehr so schlammig aus", blinzelte Hans seinem Bruder zu, der jetzt doch ein wenig Mitleid mit ihm hatte. „Der Matsch trocknet bereits, wie ich dir gesagt habe."

„Da hast du wieder Recht, es spannt ein wenig im Gesicht. Aber es ist okay. Die Hauptsache ist doch, dass wir beide zusammen sind."

„Logisch, Freunde für immer", stimmte Hans zu. „Was wäre ich auch nur ohne dich?"

„Ein Einzelkind?", antwortete Claus.

„Ein Einzelkind", schenkte Hans ihm ein ehrlichgemeintes Lächeln. „Los, komm lass uns gehen. Zuerst suchen wir unseren Dino und dann deinen Hund."

Kapitel 16

DIE OFFENSIVE ...

„Meine Herren", machte Bakary eine Ansprache an seine Crew, „die Sache ist streng geheim. Darf ich Ihnen vorstellen: Das ist Professor Alfredo Porto, er ist Paläontologe und einer der bedeutenden Forscher auf diesem Gebiet. Er und ich werden diese Operation leiten."

Gespannt folgten seine Gefolgsleute den Einzelheiten ihres Auftrags, von denen sie so gut wie nichts wussten. Das alles, was sich hier abspielte, war streng geheim und keinesfalls mit der Regierung abgesprochen. Das Zelt, welches als Einsatzzentrale diente, war sporadisch beleuchtet, an denen sich bereits die ersten Nachtfalter tummelten.

„Das Ziel ...", erklärte Bakary, „... ist ein prähistorisches Urzeitmonster und das ist kein Scherz, meine Herren."

Man spürte die gewichtige Ungläubigkeit der hier Anwesenden. Aus der Stille wurde ein leises Grummeln. Alle flüsterten sich etwas zu.

„Meine Herren", sagte Bakary laut. Er versuchte die Aufmerksamkeit wieder auf sich zu lenken, „sie können Ihren Hintern darauf verwetten, dass es dieses Tier gibt. Ich war genauso überrascht wie Sie. Deshalb sage ich es nochmal: So wahr mir Gott helfe, es gibt einen einzigen lebenden Dinosaurier! Alles andere über das Tier erfahren sie von Professor Alfredo Porto. Ich gebe an Sie weiter, Professor."

Porto bedankte sich freundlich bei Bakary für die Ankündigung.

„Meine Herrschaften", sagte er laut und feierlich, aus tiefer Brust erhoben, „es handelt sich um das wertvollste Geschöpf dieser Erde." Er pausierte und schaute erhaben in fragende Gesichter. „Vergessen Sie alles, was sie bereits gesehen haben", sagte er schnell mit einem Lächeln und pausierte abermals, um auch den Letzten im Zelt mit seinen Worten zu erreichen. Dann sprach er eindringlicher als zuvor: „Noch nie zuvor ist es gelungen, in dieser Weise eine ausgestorbene Tierart wiederzubeleben. Dass es jetzt bei einem

Dinosaurier geglückt ist, freut mich umso mehr. Und ich sage Ihnen meine Herren: irgendjemand hat Gott gespielt."

Er hätte es nicht verhindern können, also gab Porto den Raum für erstauntes Geschwätz. Er sah, dass in allen Köpfen der hier Anwesenden tausend Fragezeichen steckten. Dann ergriff er erneut das Wort.

„Meine Herren, die ausserordentliche Wertigkeit dieses Individuums sollte Ihnen jederzeit bewusst sein. Also äußerste Vorsicht, seine Unversehrtheit steht an oberste Stelle. Es wird keine scharfe Munition eingesetzt. Nicht, dass jemand auf die dumme Idee kommt, ihn erschießen zu wollen. Sollte das so sein, wird derjenige zur Rechenschaft gezogen und durch mich persönlich exekutiert werden."

Gelächter machte sich breit. Sie fanden anscheinend den Professor sehr amüsant, der ihnen gleich mit dem Tod drohte. Offensichtlich war es ein Scherz! Aber Portos griesgrämige Mimik ließ keine Ironie zu und das Gelächter versandete.

„Aber so weit wird es nicht kommen, das hoffe ich für Sie, und Ihren Angehörigen", sprach er erneut eine ernstgemeinte Drohung aus, aber dieses Mal ging es über das eigene Leben hinaus.

Aus einer der hinteren Reihe tauchte eine Wortmeldung auf und Porto sprach die Person direkt an.

„Ja, bitte!"

„Wie gefährlich ist das, was auch immer wir hier suchen sollen?"

„Es handelt sich bei dieser Spezies um ein Pachycephalosaurus. Es wird bis zu fünf Meter lang und kann bis zu tausend Kilogramm schwer werden. Ein reiner Herbivore- auch als Pflanzenfresser bekannt."

„Also hat er keine furchteinflößenden Zähne wie beim T-REX?"

Porto ergriff das Wort, um die gestellte Frage zu beantworten.

„Nein! Aber dennoch rate ich zur äußersten Vorsicht. Das Tier hat seine eigenen Waffen, die des T-REX im keinen Fall nachstehen. Seine Waffe ist seine Schnelligkeit und sein verdickter Schädel, den er wie ein Widder benutzen könnte. Er könnte damit alles rammen, was ihm in die Quere kommt. Das wird seine Verteidigung sein. Nehmen Sie ein Nashorn mal zwei, dann wissen

Sie wie gefährlich es ist. Alles andere jetzt von Bakary Diarra."

„Danke, Alfredo", ergriff Bakary die Gelegenheit zum Sprechen. „Die Reise! Unser Zielgebiet ist der Dschungel. Vermutlich werden Sie sich bis weit ins Innere des Zentrums vorarbeiten müssen."

„Wie lange wird die Mission dauern?", kam eine weitere Wortmeldung.

„So lange bis wir sie gefunden haben, meine Herren. Dennoch, nicht länger als zwei Tage."

„Warum sprechen sie in der Mehrzahl? Sie sagten ‚sie'?", kam ein Zwischenruf.

Bakary räuspert sich. „Das ist richtig. Vermutlich sind auch Kinder in der Nähe des Dinosauriers. Auch denen darf selbstverständlich nichts passieren. Weitere Fragen?"

Eine erneute Wortmeldung kam aus der vorderen Reihe.

„Gibt es mögliche Gefahren, die in einem Dschungel lauern, zusätzlich, zum gesuchten Objekt."

„Ich denke schon", meldete sich der Professor zu Wort und schaute zu Bakary. „Ich bin zwar kein Dschungelexperte, aber soviel ich weiß, gibt es dort das eine oder andere Raubtier. Also auch da Vorsicht."

Bakary stimmte kopfnickend zu und ergriff erneut das Wort.

„Gute Frage", sagte Bakary und streckte einen Stapel Papier in die Höhe. „Alle möglichen Vorkehrungen bezüglich der Sicherheit habe ich ihnen auf einem Papierblatt zusammengefasst. Das können sie am Ende der Teambesprechung hier vorne abholen."

Zwei Polizisten aus den hinteren Reihen unterhielten sich leise.

„Es soll dort Mücken geben, Spinnen und riesige Würmer. Ich hasse alles, was krabbelt und kriecht."

„Ich auch, widerlich", sagte der andere.

„Ich packe mir auf jeden Fall ein Moskitonetz ein."

„Und ich nehme Mückenspray mit."

„Klasse!"

Dann lauschten sie wieder den Worten Bakarys.

„Wir gehen wie folgt vor: Es wird ein Team von Tierärzten, Großwildjägern, Söldner, Suchtrupps, Transport und Führung geben. Es kann sein, wie bereits erwähnt, dass wir auf heranwachsende

Kinder stoßen, die zusammen mit dem gesuchten Objekt in Verbindung stehen. Eine von ihnen ist meine Tochter, ihre Sicherheit hat daher höchste Priorität. Also meine Herren, keine Fehler, und ich wiederhole: Kollateralschäden sind nicht erwünscht. Nochmals, den Kindern darf unter keinen Umständen etwas zustoßen."

„Wann starten wir durch?", meldete sich ein durchtrainierter junger Mann.

„In genau", Bakary schaute auf die Uhr, „zwei Stunden. Also haltet euch bereit."

„Ich bin schon jetzt, bereit Sir", meldete sich der junge Mann aus der ersten Reihe wieder. Sein Rücken war kerzengerade, seine Brust weit nach vorn gestreckt und seine Knie bildeten einen 45-Grad-Winkel zum Hals, der ebenso einen 45-Grad-Winkel zum Kinn bildete. „Keine Sorge, Sir, wir werden das Ding schon schaukeln", meinte dieser hochmotiviert.

„Gut, in zwei Stunden Abfahrt, meine Herren", mit diesen Worten verließen Bakary und Alfredo die Einsatzzentrale.

Nach und nach verließen auch alle anderen das Zelt, um die nötigen Sachen einzupacken. Nur der übereifrige Polizist saß wie versteinert da.

Er konnte es kaum erwarten, dass es endlich losgehen würde.

„Willst du dir nicht noch ein paar Sachen holen?", fragten die beiden ängstlichen Polizisten, als sie an ihm vorbeizogen.

„Nein!"

Sein Blick war starr und gerade aus. Er schaute die ganze Zeit auf die vor ihm hängende Wanduhr.

„Aber du bist kurzärmlig und trägst kurze Hosen?", erinnerten die beiden den Kameraden an seine doch sehr ungewöhnliche Kleidung für einen Einsatz im Dschungel.

„Und? Ihr kennt den Dschungel nicht, oder?", fauchte er zurück.

„Nein wir waren noch nie dort", sagten sie ehrlich.

„Das habe ich mir gedacht." Sein Blick war noch immer streng nach vorn gerichtet und würdigte den Anfängern keines Blicks. „Im Dschungel ist es feucht und warm. Also was soll ich mit langen Klamotten? Ich brauche nur ein Messer, mehr nicht."

Beide zuckten mit den Schultern und sagten, als sie das Zelt verließen, leise: „Der hält sich wohl für Rambo."

Nur für eine Sekunde ließ Rambos Ehrgeiz eine Abweichung seines Blicks zu und schaute den beiden hinterher.

„Hirnis", sagte er abwertend, um danach wieder in eine Starre zu verfallen.

„Lass ihn doch, wir beide machen es uns gemütlich und nehmen für alle Fälle noch zwei Decken mit", meinte der andere.

„Eine Decke reicht für uns beide!"

Das Feixen der beiden drang bis zu den Ohren von Rambo, der nicht abwarten konnte, um endlich den Dschungel zu stürmen.

Kapitel 17

Die Gegenoffensive ...

„Soldaten antreten", drang ein Befehl durch den Raum.

Fest geschnürte Militärstiefel standen in Reih und Glied. Das Leder so glänzend, dass man sich darin hätte spiegeln können. Die Feldhosen, waren oberhalb der Stiefel mit Hosengummis fixiert. Die Koppeln umschlossen die Hüften. Der Saum der Feldjacken war drei fingerbreit und endete unterhalb der Ellenbogen. Auf den Köpfen trugen sie einen mit Waldbewuchs verzierten Stahlhelm, der eine perfekte Tarnung bot. Auch die grünbraunen Farben in den Gesichtern war der späteren Fauna und Flora angepasst. In diesen Kampfanzügen steckten Veteranen und Soldaten, die schon seit Jahren im Ruhestand waren, doch jetzt Seite an Seite einer Mission dienten. Und das Kommando hatte eine Frau. Tante Grace, die in ihrer optisch aufwerten Gefechtskleidung kaum wiederzuerkennen war.

„Kameraden, ich bitte um eure Unterstützung. Mir wurde aus einer sicheren Quelle zugetragen, dass mein Neffe und drei seiner Freunde in Schwierigkeiten stecken und ich meine damit in Lebensgefahr. An ihrer Seite ist ein Wesen aus einer vergessenen Welt, welches unsere Gegner mit aller Härte und ohne Rücksicht auf Verluste an sich reißen wollen. Und das, meine Herren, müssen wir verhindern. Unsere Widersacher mögen um einige Jahre jünger sein, doch sie sollten uns nicht unterschätzen."

Johns Tante machte ein paar Schritte zur Seite mit den Händen auf dem Rücken verschränkt.

„Des Weiteren haben wir eine Komponente als mögliche Gefahr, die nicht zu verachten ist. Es handelt sich vermutlich hierbei um einen Pachycephalosaurus."

„Was ist das, Ma'am?", erfolgte eine kurze Wortmeldung.

Grace schaute den Fragesteller geduldig an und erhob dann ihre Stimme.

„Ein Tier, das als längst ausgestorben gilt. Einen echten Dinosaurier. Einen größeren Dickkopf hat es wohl nie gegeben!"

„Wie gefährlich ist das Ding?", stand eine neue Frage im Raum.

„Wenn es euch angreift, stellt euch vor, ihr werdet von einem Panzer überrollt. Reicht das als Erklärung?"

Das Kopfnicken aller war fast synchron.

„Gut. Ich gehe davon aus, dass der Saurier noch nicht ausgewachsen ist. Aber dennoch ist seine Kraft nicht zu unterschätzen. Fazit: Ja er ist gefährlich, also äußerste Vorsicht. Der Einsatzort ist uns aus vergangenen Einsätzen bekannt. Der Dschungel. Welche Gefahren lauern dort, meine Herren?"

„Krankheiten, Ma'am!", kam die erste Antwort auf die gestellte Frage.

„Richtig!", stimmte sie zu. „Krankheiten wie Malaria, Dengue-Fieber, Hepatitis, Grippe mit hohem Fieber, Durchfall, giftige Pflanzen und Tiere, körperliche Erschöpfung"

Grace schritt einen Soldaten nach dem anderen ab und forderte von ihnen Antworten.

„Waldbrände", kam als nächste Wortmeldung.

„Sehr gut. Weiter!"

„Immer Augen auf! Zuerst schauen wohin man greifen oder treten will, besonders beim

Übersteigen oder Unterqueren von Baumstämmen", sagte ein älterer Herr mit Brille.

„Nachtlager rechtzeitig aussuchen und anlegen, nie unter großen Bäumen", meinte ein anderer.

„Stiefel, Ruck- und Schlafsäcke nicht offenstehen lassen, viele Spinnen und Schlangen sind dämmerungs- oder nachtaktiv und nisten sich darin gern ein", antwortete ein um die Hüften fülliger Soldat, dessen Feldkoppel er leider weglassen musste.

„Kein Licht oder Feuer über Nacht brennen lassen. Nicht allein gehen, in Rufweite bleiben", folgte eine andere Regel.

„Langsam und umsichtig sein. Lebensmittel fest verschlossen lagern. Ansonsten könnte die Folge eine wahrhafte Ameisen-Invasion sein." Auch diesem Herrn sah man an, dass er gut und gerne speiste.

„Keine Essensreste wie Fleisch oder Fisch in unmittelbarer Nähe des Feldlagers entsorgen. Gefahren von fleichfressende Raubtieren sind die Folge."

„Ausgezeichnet", lobte Leutnant Grace. „Kompanie, rühren!""

Die Gruppe Soldaten nahm eine angenehme Stellung ein und folgten den Worten von Grace.

„Der Dschungel hat seine eigenen Gesetze. Tiere haben keine hinterhältigen Mordgedanken wie Menschen, sie verteidigen aber ihre Jungen und sich selbst. Über Raubtiere, wie Puma und Jaguar, soll hier nicht näher drauf eingegangen werden, denn die von ihnen ausgehenden Gefahren dürften hinreichend bekannt sein. Für alle Fälle: Ruhig verhalten, niemals den Rücken zukehren. Die Tiere scheuen das Feuer, sind aber gute Kletterer. Jaguare sogar hervorragende Schwimmer."

Leutnant Grace schritt Handrücks vor der Gruppe auf und ab und erklärte weiter:

„Eine Schlange kriecht nicht auf der Suche nach leckeren Touristen durch den Wald, ihre Beute sind Kleinsäuger und Vögel. Aber wenn man auf sie tritt oder nach ihr greift, muss man mit einem Angriff rechnen. Da man den Biss jedoch häufig kaum lokalisieren kann, gilt es auf die typischen Signale eines Giftschlangenbisses zu achten: Sehstörungen, Zahnfleischbluten, Schwellungen, hängende Lider, Schwindelgefühl. Im Zweifel ist immer von einem Giftschlangenbiss auszugehen!

Auf jeden Fall heißt es: Ruhe bewahren! Stress verstärkt die Giftwirkung im Körper, da der Kreislauf beschleunigt wird. Der Verletzte sollte sich nicht bewegen, sondern so schnell wie möglich Hilfe erhalten! Die verletzte Person sollte auf einer improvisierten Trage befördert werden. Die Erstversorgung kann mit einem Vakuum-Giftabsauger beginnen. Darüber hinaus, sollte niemand von einer vollständigen Entfernung des Giftes aus dem Körper ausgehen! Meist sind die äußeren Extremitäten betroffen. Diese fest verbinden, aber nicht abschnüren. Die Schlange ist nach Möglichkeit dem behandelnden Arzt äußerst präzise zu beschreiben." Leutnant Grace räusperte sich kurz, sprach dann weiter:

„Kommen wir nun zu den kleineren Tierchen. Sandflöhe sind winzige, aber unangenehme Zeitgenossen. Sie leben auf Sandbänken, an Ufern und an vielen sandigen Stellen im Wald. Sie legen ihre Eier gern unter den Zehennägeln ab, was zu schmerzhaften Vereiterungen und Entzündungen führt. Schon die ersten Eroberer des Amazonas 1541 berichteten von dieser üblen Plage. Regelmäßige Nagelpflege und bei Befall ein Herausschneiden der Eier ist notwendig, festes Schuhwerk schützt am besten. Wilde Bienen und Wespen kommen in zahlreichen Arten im Dschungel vor. Sie bauen ihre Nester an Bäumen und Bauwerken. Einige sind äußerst aggressiv, schon bei Annäherung stürzen sie sich in großer Zahl auf den Eindringling. Auch hier ist Vorsicht geboten."

Leutnant Grace stoppte das Schreiten und drehte sich zu der Mannschaft um.

„Kommen wir nun zu den im Wasser lebenden Tieren. Piranhas sind die Gesundheitspolizei der Flüsse und Seen. Sie warten bestimmt nicht das ganze Jahr gierig auf Menschenfleisch, auch wenn es so mancher Actionthriller es gern anders darstellen möchte. Es ist von früheren Erzählungen bekannt, dass Indios, die in Kämpfen schwer verwundet und bewusstlos ins Wasser gefallen sind, von Piranha-Schwärmen gefressen wurden. Ja das stimmt! Ansonsten gilt: Ist man nicht verletzt, das heißt, keine offene blutende Wunde hat, kann man mit den Tieren bedingungslos schwimmen, ohne attackiert zu werden. So viel zu den Piranhas.

Aber Alligatoren oder Kaimane können dem Schwimmer durchaus gefährlich werden. Sie reagieren auf Plantschen im Wasser, also wenn die Situation es erfordert, meine Herren, ist es unablässig fast lautlos zu schwimmen. Zum Abschluss und ich wiederhole mich: Tiere sind weder bösartig noch hinterhältig, solche Eigenschaften sind nur dem mit Menschen gemein. Um Unfälle zu verhindern, hilft vor allem: Augen offenhalten! Gibt es weitere Ergänzungen?"

Da sich niemand zu Wort meldete, ergriff sie erneut das Wort.

„Kommen wir nun zu den wichtigsten Ausrüstungen für diesen Einsatz und deren Anordnungen: Brusttasche links, Kompass! Brusttasche rechts, Schutz- und Sonnenbrille! Hat jeder seinen Gehörschutz dabei?"

„Jawohl, Ma'am", hallte es wie eine Einheit zu Grace, bis auf eine Aufnahme.

„Wie bitte, Ma'am?", fragte ein dünner, schmächtiger Soldat.

„Rudolph, lass gut sein, du brauchst keinen Gehörschutz mehr", antwortete Grace.

„Was hat sie gesagt?", wollte er von den umstehenden Kameraden wissen.

„Gehörschutz, du brauchst keinen. Du hörst sowieso nichts", meinte ein anderer neben ihm stehender Kamerad.

„Wie bitte? Mein Hörgerät ist ausgefallen. Ist wohl die Batterie leer."

„Gehörschutz!", schrie er noch lauter.

„Nein, ich brauche keinen", antwortete er, als er endlich verstand, worum es ging.

„Dann ist ja gut", sagte Grace und fuhr mit ihren Aufzählungen fort:

„Hosentasche links, der Mückenschleier! Hosentasche rechts, das Taschentuch! Seitentasche links, – Verbandpäckchen …"

Kapitel 18

DROHENDES UNHEIL ...

„Zieht euch etwas Langes über. Als Schutz vor Insekten empfehle ich euch, eure heiligen Körperstellen mit Schlamm zu benetzen", empfahl John.

„Dein Ernst?", fragte Fanta nach.

„Ja oder hat jemand an Insektenspray gedacht?"

Alle verneinten kopfschüttelnd.

„Dann wird mir wohl nichts anderes übrigbleiben, als mich mit dieser Brühe einzureiben." Fanta griff als Erste in die Schlammpfütze. „Ist das ekelhaft", quiekte sie. Widerwillig strich sie ihr Gesicht, Ohren und Hände mit stinkendem, schlammigem Boden ein.

„Das schützt besser als alles andere, glaubt mir", frohlockte John.

„Ich find's gut", sagte Sputnik und schüttete sich zusätzlich eine ganze Handvoll auf die Haare und verrieb es so gut es ging.

„Es wird nicht mehr lange dauern, bis es dunkel wird", sagte John der hinauf zu den Baumwipfeln schaute. Die Baumkronen, durch die nur mäßiges Licht einfiel, waren gewaltig.

„Man sagt, wenn man eins mit der Natur ist …", erklärte John, „… kann man die Energie der Bäume spüren."

Alle schauten stumm hinauf zum Blätterdach der Riesen und hörten in den Wald hinein. Auf einmal war so viel mehr zu wahrzunehmen. Es war ihnen vorher nicht aufgefallen, was für eine vielseitige Geräuschkulisse sich plötzlich vor ihnen auftat.

„Manche Bäume sind einige hunderte Jahre alt", erklärte Fanta mit leuchtenden Augen, die geradewegs auf einen Baumriesen zusteuerte und ihn umarmte. Sie schloss die Augen und atmete ganz ruhig ein und aus. Der Boden unter ihren Füßen, in dem sich die kräftigen Wurzeln der Bäume klaftertief in die Erde ragte, war weich, so als würde sie auf Watte stehen. Auch die anderen taten es Fanta gleich und umarmten den einen Baum. Der Stamm war so gewaltig, dass es noch einmal fünf Kinderarme gebraucht hätte, um ihn einmal komplett zu umarmen.

„Er lebt, könnt ihr das spüren?", flüsterte Fanta.

„Ja und er scheint sich mit den anderen Bäumen zu unterhalten", stimmte John zu.

„Sie wissen, dass wir hier sind", sagte Fanta.

„Wir alle können es spüren. Es ist toll", meinte Sputnik.

Alle fühlten die Energie, bis auf Egon, der meinte: „Ich spüre nichts."

„Du musst es wollen", flüsterte sie abermals.

Der Urwald war voller Leben. Eine Artenvielfalt, die es nirgendwo auf dieser Erde gab. Wohin man auch schaute, war es bunt: Die Pflanzen, die Insekten, die Vögel.

Egon schloss die Augen und versuchte, so wie die anderen, etwas von der Energie aufzunehmen.

„Ja, jetzt kann ich es auch spüren. Tatsächlich, ihr habt Recht. Tief in mir spüre ich eine Kraft, eine Energie, die einfach nur hinauswill."

Kaum hatte er es ausgesprochen, donnerte es aus seiner Hose und die friedliche Stimmung kippte.

„Das war sowas von klar", wetterte Fanta. „Du bist so ein Idiot."

„Was?", meinte Egon und hob unschuldig beide Arme empor und fing schallend an zu lachen.

„Oh, das stinkt", rümpfte Sputnik die Nase, der direkt neben ihm stand und sich auf einige Meter entfernte.

„Es tut mir leid", lachte er, während er mit Tränen kämpfte.

„Nein, tut es dir nicht." Fanta war außer sich.

„Sorry, aber der Furz lag mir schon die ganze Zeit quer."

Egon hielt sich den Bauch vor Lachen und bekam kaum Luft.

„Ach, ist das herrlich!", grunzte er.

„Komm lasst uns weiter gehen", sagte John, der nicht auf Egons Provokation einging. „Wir müssen für die Nacht ein Lager finden."

Alle vier machten sich gemeinsam auf den Weg. Egon, der noch immer ab und zu über seine eigene Dummheit lachen musste, watschelte hinterher.

„Ich hoffe du hast dir in die Hose gemacht", meinte Sputnik, der einige Schritte vor ihm lief.

„Quick-Rums!", imitierte Egon mit dem Mund, erneut einen Flatterfurz und freute sich wie ein kleiner Junge über seinen Scherz. „Was für eine Energie", verspottete er die anderen, die ihn aber links liegen ließen.

„Wie groß ist die Chance Clumsy zu finden",
fragte Fanta John, die voran liefen.

„Ich weiß es nicht, ich hoffe, dass er uns zuerst
findet", antwortete er.

Mit Rucksäcken, in denen Nahrung und Wasser
für einige Tage war, stiefelten sie durch den
dichten Dschungel. Immer wieder riefen sie nach
Clumsy, in der Hoffnung ein Lebenszeichen von
ihm zu hören. Im Nachhinein wäre es vielleicht
besser gewesen, die eine Nacht im Fahrzeug zu
verbringen und die Kraft des Tages zu nutzen.
Doch dazu waren sie schon zu tief in den
Dschungel eingedrungen, um jetzt noch
zurückzukehren.

Wie weit Clumsy bereits in die Tiefen des dichten
Waldes gelaufen war, wusste er nicht
abzuschätzen, doch die Rufe seiner Freunde
drangen nicht zu ihm durch. Mit jeder
zunehmenden Stunde, in die er tiefer eindrang,
wusste er, dass es ein Fehler gewesen war, alleine
loszuziehen. Er war einsam, ohne seine Freunde.
Die rasch eintretende Dunkelheit machte ihm
Angst. Überall waren Geräusche. Affen brüllten
lauthals und sprangen in den riesigen
Baumwipfeln umher. Ab und zu blinzelte ein

Lichtstrahl der Sonne durch die Blätter, doch das wurde weniger, je länger er ziellos umherirrte. Noch wenige Stunden zuvor war alles interessant und spannend. Den farbenfrohen Schmetterlingen hinterherzujagen, machte ihm besonders viel Spaß. Und fast hätte er einen geschnappt. Auch die kleinen Nager, die sich auf dem Boden tummelten, weckten sein Interesse. Erst stellten sie sich tot, so als wären sie unsichtbar, doch als er mit seiner Nase näherkam, liefen sie vor ihm weg und versteckten sich unter dem zahlreich umherliegenden Totholz, das nach und nach zu Erde verfiel. Doch jetzt wäre er viel lieber bei seinen Freunden. Müde und erschöpft hüpfte er traurig von einem über den nächsten, am Boden liegenden Ast. Plötzlich erweckte ein bekannter Geruch seine ganze Aufmerksamkeit. Und zu hören war es auch schon. Schnell lief er in die Richtung, aus dem das Geräusch kam. Der ihm dargebotene Anblick zauberte ihm ein Lächeln ins Gesicht, wenn auch nur ein kleines. Lieber wäre es ihm gewesen, wenn er endlich seine Freunde, seine Familie gefunden hätte, aber seinen unbändigen Durst konnte er stillen, dank dieser freilaufenden Wasserquelle. Es war ein kleiner Bachlauf, den seine Nase zuerst wahrgenommen hatte. Genüsslich trank er von köstlichem Nass.

Nanu, was war das für ein Geräusch? Clumsy hielt seine Nase in den Wind. So etwas hatte er noch nie zuvor gerochen. Wie vieles hier im Dschungel war alles für ihn neu. Es musste unmittelbar in seiner Nähe sein. Vielleicht ein neuer Freund, mit dem er spielen konnte. Doch irgendein Gefühl sagte ihm, sei verdammt noch einmal vorsichtig. Plötzlich wie aus dem Nichts waren sie da. Zwei funkelnde grün-blaue Augen starrten ihn an, getarnt zwischen weichen hohen Gräsern. Er wich instinktiv ein Stück zurück. Vielleicht hätte er vorher um Erlaubnis fragen sollen, als er sich vom Wasservorrat bediente. Doch niemand war da, den er um Erlaubnis hätte fragen können.

Nun denn, dachte er sich, *wenn das dein Wasser ist, gut ich werde es dir überlassen.* Mit kleinen Schritten entfernte er sich, ohne die leuchtenden Augen außer Acht zu lassen. Dann spürte er in seinem Nacken einen warmen unangenehmen Hauch. Ängstlich drehte er sich um. Ein schwarzes Ungeheuer mit riesigen Zähnen stand direkt hinter ihm und knurrte. Als er einen Schritt zurücktrat, brach die Bedrohung langsam aus dem Versteck heraus. Nein, die beiden wollten nicht spielen, das war sicher. Zähnefletschend kamen die Raubkatzen näher.

Also dann?, dachte sich Clumsy, *wenn nicht vor oder zurück dann eben zur Seite.*

Ups! Falscher Gedanke. Ein riesiger Baum versperrte den Weg und er stieß dagegen.

Leider half auch kein freundliches Lächeln in Verbindung mit Schwanzwedeln. Die beiden Tiere waren sowas von todernst und verzogen keine Miene.

Zwei Möglichkeiten gab es nun für Clumsy, da Möglichkeit Drei: Flucht, bereits ausgeschlossen war. Erstens: Er ergibt sich seinem Schicksal, und die beiden schwarzen Panther würden ihn mit Haut und Haaren verspeisen. Das bedeutete das Ende eines kurzen, zu kurzen Lebens.

Oder Möglichkeit zwei, die er für die bessere Alternative hielt. Einfach so tun, als wäre man ungenießbar.

Wie von einer Giftpflanze gebissen, verdrehte Clumsy die Augen noch stärker als ohne hin schon. Dabei ließ er die Zunge seitlich aus dem

Maul heraushängen und taumelte ihnen wie volltrunken entgegen. Er hatte keine Ahnung, ob der Plan funktionieren würde. Er taumelte von links nach rechts, vor und wieder zurück. Dabei sabberte er den Waldboden voll und faselte irgendetwas vor sich hin. Irgendetwas wie …! *Achtung Toxisch! Gift! Hilfe!*

Und tatsächlich, die beiden Panther schauten sich wie Volltrottel völlig blöd aus der Wäsche und guckten sich fragend an. Konnte es sein, dass ihr Abendbrot von einer todbringenden Krankheit betroffen war? Wenn ja, dann hieß es Abstandhalten. Auf keinen Fall fressen. Schon die kleinste Berührung könnte tödlich sein. Alles, nur nicht das …

Bereitwillig gingen sie ein Stück zur Seite und machten Platz. Hatte er etwa übertrieben mit seinem Schauspiel? Möglich, aber es schien zu funktionieren. Als es ihm gelungen war, lebendig an ihnen vorbeizukommen, spürte er irgendetwas spitzes in seinem Schwanzende. Sie hatten ihn durchschaut. Gleichwohl er für seine meisterhafte schauspielerische Leistung einen Oscar verdient hätte.

Bitte, nicht das, was ich denke, dachte Clumsy und schloss die Augen. Einer der beiden Panther hatte seine Krallen tief in seinen Schwanz gebohrt. *Fuck!*

Clumsy hörte die beiden in seinen Gedanken sagen: „Na Kleiner, dachtest du, du kannst uns an der Nase herumführen?"

Er schluckte, mit einem gluckenden Geräusch, trocken den Speichel herunter.

Ja, dachte ich, hörte er seine innere Stimme sagen.

Das Unweigerliche wurde nun zu Realität. Wenn er nicht sterben wollte, musste er sich verteidigen. Hier und jetzt. Er nahm all seinen Mut zusammen. Dann hieß es: Angriff!

Mit einer schnellen Drehung verpasste der Dinosaurier einem seiner Widersacher einen kräftigen Hieb gegen den Schädel. Dieser taumelte benommen zu Boden. Danach machte Clumsy sich seiner größten Waffe zu Nutze: seinen Dickkopf. Er wich einige Meter zurück, nicht um wegzulaufen, nein, er brauchte Schwung, um mit voller Wucht und Tempo seinen Gegner zu zerstören. Anschließend rannte er, so schnell er nur konnte, auf den schwarzen

Jaguar zu. Dieser fuhr wiederum seine Krallen aus und machte sich zum Gegenangriff bereit. Was der Panter nicht ansatzweise wusste, war, dass er den Dinosaurier massiv unterschätzte. Selbst Clumsy war von der Wucht des Aufpralls völlig überrascht. Plötzlich konnte der Panther fliegen, und das ohne Flügel. Dieser landete fünf Meter weiter und knallte gegen einen Baum. Völlig benommen raffte er sich auf und beide Angreifer ergriffen die Flucht. Clumsy war von sich selbst überrascht, was alles in ihm steckte. Erleichtert über den grandiosen Sieg, hüpfte er einen Freudentanz und wackelte dabei mit dem Hintern. Eigentlich war er noch vor wenigen Minuten hundemüde, doch diese Müdigkeit war wie verflogen. Anstatt sich schlafen zu legen, beschloss er, die ganze Nacht hindurch, nach seinen Freunden zu suchen. Vermutlich waren sie genauso wie er in großer Gefahr.

Kapitel 19

ANTHROPOPHAGE ...

Am nächsten Tag war die Reise durch den dicht bewachsenen Dschungel beschwerlich. Hohe Temperaturen und das feuchte Klima setzten allen stark zu. John bemerkte, dass Fanta stehen blieb. Er drehte sich um.

„Ist alles in Ordnung?", wollte er wissen.

„Meine Augen brennen", antwortete sie.

Der Trick mit Schlamm Mücken fernzuhalten war gut, aber was bei Tieren funktionierte, die sich bereitwillig in Schlamm suhlen, um Parasiten loszuwerden, muss nicht zwangsläufig bei Menschen von Nutzen sein. Der zum Teil angetrocknete Schlamm löste sich durch den Schweiß, lief von der Stirn hinab und brannte in den Augen. Mit schnellen Handbewegungen war John damit beschäftigt, sich gegen die Stiche der Moskitos zu wehren.

„Verfluchte blutsaugende Monster", schimpfte er.

Das Klima war erbarmungslos.

„Stehen bleiben und nicht bewegen", forderte John Egon zum Stehenbleiben auf. Der Grund dafür war eine grüne Baumschlange, die direkt neben Egons Gesicht, von einem rindenlosen Ast, herunterhing.

„Über deinem Kopf ist eine grüne Schlange."

Egon erstarrte. Auch die Anderen versuchten Ruhe zu bewahren.

„Ist sie weg?", wollte Egon wissen.

„Nein, nicht bewegen!"

Die Schlange kam immer näher und züngelte an Egons Ohr.

„Das kitzelt!", sagte er mit aufeinandergepressten Zähnen.

Langsam, wie in Zeitlupe, griff John nach einem Ast und nahm ihn vom Boden auf.

„Was tust du da?", wollte Egon wissen.

„Ich werde die Schlange bei der Zahl Drei von dir wegschlagen. Und dann rennst du so schnell du kannst."

„Das ist keine gute Idee", knirschte Egon.

„Eins…!" John umschloss mit beiden Händen fest seine Waffe. „Zwei…!" Langsam führte er den Schlagstock über seine Schulter. „Drei…!" So kraftvoll, wie er nur konnte, schlug er auf die

Schlange ein, doch leider verlief der Schlag ins Leere.

„Lauf!", schrie er.

Schreiend nahm Egon die Beine in die Hand und rannte um sein Leben. Die Anderen rannten ebenfalls, so schnell sie konnten, durch das Dickicht. Dünne Äste peitschten ihnen in die Gesichter. Umherliegende mit Moos bewachsene Baumstämme und dicke Wurzeln machten ein schnelles Vorankommen unmöglich. Dennoch rannten sie, als wäre der Teufel hinter ihnen her, bis sich Egon in einem Monsterspinnennetz verfing. Er zappelte wie ein Fisch im Netz.

„Holt mich hier aus. Ich bekomme keine Luft."

Schnell befreiten sie Egon aus seiner misslichen Lage.

„Ist das eklig", sagte Fanta, die wie Egon jetzt auch voller Spinnengewebe war und versuchte, das Übel aus ihren Haaren zu bekommen.

„Machen wir eine kleine Pause", schlug Egon vor, der nach Luft japste. Hektisch befreite auch er sich von den klebrigen Fäden. Nicht nur die hohen Temperaturen machten ihm zu schaffen, sondern auch der Speck, der auf seinen Hüften saß. „Ich kann nicht mehr und ich habe Hunger."

Sein Gesicht war leuchtend rot, seine Haare schweißdurchtränkt.

„Und ich muss überaus nötig,", entgegnete Sputnik.

John, Egon und Fanta setzten sich auf einen von der Witterung umgestürzten Baum und streckten beschwerlich ihre Gliedmaßen aus. Die lange Wanderung, die ihnen in den Knochen saß, hinterließen bereits ihre ersten Spuren. Druckstellen unter den Fußsohlen wuchsen zu lästigen Blasen heran. Sputnik hingegen suchte sich den erstbesten Baum, öffnete den Hosenstall und erleichterte sich.

„Kannst du nicht weiter weg gehen", beschwerte sich Fanta, die wie die anderen auch den herausströmenden Wasserstrahl, der gegen den Baum spritzte, hörte. „Das ist voll eklig."

„Oh, das tut gut", lächelte Sputnik erleichtert über den nachlassenden Druck.

Doch dann erschreckte er sich. Der Baum hatte plötzlich Augen und schaute ihn mit weit aufgerissenen Augäpfeln an. *Seit wann können Bäume sehen?* Er musste träumen oder halluzinieren. *Und seit wann haben Bäume Füße mit Zehen?,* fragte er sich.

Er wusste nicht, was er davon halten sollte. Jetzt blinzelte der Baum noch. Dann wurde ihm klar, dass das kein Traum war.

„Jungs!", versuchte er leise um Hilfe zu rufen. Der Schreck lähmte seine Glieder und er kam weder einen Schritt vor noch einen zurück. Instinktiv hob Sputnik die Hände, um sich zu ergeben, als sich eine Speerspitze aus der Rinde des Baumes löste. Doch sein Wasserhahn war noch in voller Funktion und benetzte noch immer die Füße des Baumes. Das war zu viel des Guten. Wie durch Zauberhand erweckte anscheinend Sputniks Urin den Baum zum Leben. Doch es war kein Baum, der plötzlich bedrohlich vor Sputnik stand. Es war ein Chamäleon-Krieger, der so perfekt getarnt war, dass er mit dem Baum eins wurde und jetzt stark gestikulierend vor Sputnik stand.

„Wooloomooloo Hala Bulu", beschwerte sich dieser wutentbrannt über so viel Nass auf seinen Füßen. Ehe die anderen etwas mitbekamen, wurde es laut. Neun weitere Krieger kamen aus dem umgebenden Blätterwald und umzingelten mit tosendem Geschrei die Gruppe. Sie sahen gruselig aus und drohten mit langen Speerspitzen.

Ihre Ohrlöcher waren mit faustgroßen Knochen verziert, die als Ohrringe dienten. Am ganzen Körper waren sie bemalt: mit Kriegsbemalung.

Sputnik war so angsterfüllt, dass er plötzlich losrannte und jeden, der in seiner Nähe stand, wie mit einer Wasserpistole benetzte.

„Hey, pass doch auf", schrie Egon, der als Erster das Pech hatte, davon getroffen zu werden. Dann traf es auch die anderen. Ganz besonders die Urwaldbewohner, die verzweifelt versuchten, sich dagegen zu wehren. Doch ihre Kriegsbemalung in ihren Gesichtern, für die sie viel Zeit und Sorgfalt aufgebracht hatten, wurde in Sekunden, wie ein Gemälde im Regen, vollkommen zerstört. Sie schauten sich gegenseitig fassungslos an. So etwas hatten sie noch nie erlebt.

„Mulu, Banulu, Balla Balla."

Das anscheinend so viel bedeutete wie: Der hat sie doch nicht alle!

Sputnik lief noch immer wie gestochen im inneren Kreis umher, doch nach einer Weile wurde der Strahl weniger und die Quelle versiegte.

„Nulu, Stecki, Wegi", schrien sie aufgebracht.

„Verzeihung", entschuldigte sich Sputnik und steckte seinen Wasserhahn in die Hose zurück.

Die Peiniger waren stinksauer, im wahrsten Sinne des Wortes, dass sie Sputnik, Egon, John und Fanta sofort mit Lianen fesselten und sie abführten. Zu diesem Zeitpunkt war niemandem bewusst, in welcher Lage sie sich befanden. Doch das sollte sich schnell ändern. Als sie wie Gefangene vorweg laufen mussten, dabei tiefer in den Dschungel getrieben wurden, waren überall an Bäumen und Sträucher Spuren zu erkennen, dass das hier kein Spaß war. Überall hingen menschliche Totenschädel. Sie waren in den Fängen von Kannibalen, Menschenfressern geraten.

Kapitel 20

EINGEKESSELT ...

Als John, Fanta, Egon und Sputnik nach langer Wanderung als Gefangene im Lager der Menschenfresser angekommen waren, erblickten sie noch mehr von ihnen. Ein ganzes Dorf lag vor ihnen. Die Bewohner schauten gierig und freuten sich vermutlich auf ein leckeres Festmahl. Sie alle tuschelten miteinander und zeigten dabei auf ein besonders leckeres Exemplar: Egon. Und die Moral von der Geschicht': Sei dünn und Egon nicht. Fanta schaute sich ängstlich um. Auch Johns und Sputniks Kehlen waren staubtrocken. Egon dachte die ganze Zeit darüber nach, wie sie aus dieser bescheidenen Lage rauskommen sollten. Hänsel und Gretel hatten es nur mit einer einzigen, wenn auch furchteinflößenden Hexe zu tun. Doch was sollten sie gegen ein Dutzend Menschenfresser ausrichten.

„Da, wir bekommen Gesellschaft", flüsterten sich zwei Gestalten zu.

Wer hätte das gedacht?

Hans und Claus waren ebenfalls in die Fänge dieser fiesen Menschenfresser geraten und waren an Marterpfählen gefesselt. An der Misere war natürlich Claus schuld gewesen.

*****

„Mir knurrt der Magen, mir knurrt der Magen!“, äffte Hans seinem Bruder nach. „Kannst du auch etwas anderes sagen, als ‚Mir knurrt der Magen‘?“

„Ich habe aber Hunger!“, rechtfertigte sich Claus.

„Du gehst mir verdammt noch Mal auf die Nüsse!“

„Eine leckere Pferdewurst, das wäre toll.“

Hans blieb stehen.

„Sag mal, hast du sie noch alle, wie kommst du jetzt ausgerechnet auf Pferd?“

„Wieso, ist doch lecker.“

„Nein, ist es nicht! Wie kann man solch anmutige Tiere essen?“

„Das kann ich dir sagen. Mit einem Brötchen und ganz viel Senf.“

„Nein, du Dussel, ich meinte, dass man Pferde einfach nicht isst, du Unmensch."

„Gut, wie wäre es mit einem feinen Entenbraten, wie wäre das?", erklärte Claus.

„Halt deinen Schnabel und komm. Wir müssen den anderen schon dicht auf den Fersen sein."

„Da, hörst du das?", fragte Claus ängstlich.

„Nein, was soll ich hören?", antwortete Hans und blieb erneut gelangweilt stehen.

„Unser Abendbrot!"

Ein kleines flauschiges Tierchen suchte in Bodennähe nach etwas Essbarem.

„Ich sehe nichts", sagte Hans.

„Na, da!", zeigte Claus in die Richtung.

„Du meinst …?"

„Ja, unser Abendbrot."

„Da ist nichts außer Fell, Knochen und ein buschiger Schwanz. Es ist nur ein Eichhörnchen, du Dummkopf."

Doch Claus meinte nicht das Eichhörnchen, sondern da war ein Huhn, nicht weit von ihnen entfernt. Ein echtes Haushuhn und das mitten im Dschungel, verrückt.

„Hühnersuppe, lecker."

„Huhn?", fragte Hans ungläubig nach, der noch immer nichts davon sah.

„Warte kurz."

Claus zückte ein scharfes Messer, steckte sich die Klinge quer in den Mund und rannte wie von Sinnen los. Das Huhn erkannte die Gefahr und ergriff die Flucht. Auch das Eichhörnchen bemerkte, dass es möglicherweise in Gefahr war, und flüchtete auf einen Baum.

Äste, Spinnengewebe und Blätter peitschten Claus ins Gesicht, ließen ihn aber nicht davon abbringen das Federvieh zu jagen. Wie eine mordlustige Bestie rannte Claus dem Tier hinterher. Dann wurde es plötzlich still. Hans schüttelte nur seufzend den Kopf und trottete hinterher. Weit gekommen war sein Bruder anscheinend nicht. Vermutlich hatte er das Federvieh nicht fangen können, wie auch?

„Glückwunsch", sagte Hans und verschränkte die Arme, als er auf seinen Bruder schaute.

„Was habe ich dir gesagt?", sagte Claus voller Stolz und hoffte auf eine löbliche Anerkennung für seinen Erfolg. „Ich fange uns einen leckeren Braten."

„Große Klasse. Und jetzt?", antwortete Hans.

Zwar hatte Claus das Federvieh gefangen, doch hing er mit samt dem Huhn vier Meter kopfüber an einem Seil herunter. Dieses Detail hatte er wohl verdrängt.

„Komm da runter", schimpfte Hans.

„Würde ich ja gerne, aber wie?"

„Das ist nicht mein Problem", klopfte sein Bruder ungeduldig mit dem Fuß auf den Boden. „Du hast dich in die Situation gebracht und wirst auch allein wieder rauskommen. Also, ich warte."

„Mein Kopf ist schon ganz rot. Ich glaube, der platzt gleich. Du musst mir helfen."

Hans dachte nicht im Traum daran und setzte sich im Unterholz auf einen großen Stein, der ganz in der Nähe lag.

„Bitte, so tue doch etwas."

„Warum sollte ich?", sagte er und fuchtelte sich mit den Händen am Hinterkopf. Irgendwelche Insekten saßen ihm im Nacken.

„Weil du mein Bruder bist?", sagte Claus.

„Nur, weil wir dieselbe Mutter haben, bedeutet das noch lange nicht, dass wir Brüder sind", erklärte Hans.

„Unsere liebe Mutter", antwortete Claus mit krächzender Stimme. „Gott sei ihrer Seele gnädig, sie sagte immer zu mir: ‚Einer allein kann nicht so blöd sein, du musst noch einen Bruder haben'."

„Ja …, ja …, ja …!", sagte Hans gleichgültig.

„Und außerdem habe ich hier unser Abendbrot."

„Und du glaubst also, dass ich dir da runterhelfe, ja?"

„Hans ..., du …"

„Ach, ich weiß nicht?" Erneut kratzte er sich am Hinterkopf. „Obwohl ein leckeres Hühnchen, da könnte ich schwach werden." Abermals fuchtelte er an seinem Nacken umher. „Verflixte Insekten!"

„Hans!", schrie sein jüngerer Bruder ihn an.

„Ja doch! Ich hole dich da runter", meinte er und pulte sich nebenbei den Schmutz unter den Fingernägeln heraus.

„Nein!", schrie Claus.

„Jetzt verstehe ich gar nichts mehr. Du willst jetzt doch oben bleiben?", fragte er verwirrt.

Leider war es kein Insekt, das Hans ständig am Hinterkopf krabbelte, sondern eine Speerspitze, geführt von einem Menschenfresser. Und das sah zuallererst Claus, der einen guten Überblick von da oben hatte. Doch ehe Claus bis drei zählen konnte, fiel er auch schon zu Boden. Das wiederum erfreute den nichts ahnenden Hans.

„Ich sag doch, alles regelt sich von selbst. Herzlich willkommen zurück auf Mutter Erde."

Dann ging alles ganz schnell. Nichtsahnend und völlig überrascht, wurden Hans und Claus an den Händen gefesselt ins Lager geführt und von den herumstehenden Eingeborenen beäugt. In deren Augen war Zorn deutlich zu erkennen. Auch der Stammeshäuptling „Lahme Ente", der nur noch ein Bein hatte, sah sie böse an, als sie vor ihm zum Niederknien verurteilt wurden.

„Schau mal dort", flüsterte Claus seinem Bruder zu, der nicht im Traum daran dachte, hier irgendjemandem in die Augen zu schauen. Hans Blick war wie versteinert auf den Boden gerichtet.

„Die haben Luigi."

Abermals schwieg Hans.

Claus hatte Recht, Luigi saß auf dem Schoß von Häuptling „Lahme Ente" und wurde von ihm liebevoll gestreichelt.

„Hey du, das ist mein Hund!", schrie Claus den Häuptling an.

Erst jetzt traute sich Hans, zu antworten. Er musste etwas sagen, um die Lage, in der sie sich beide befanden, nicht unnötig zu verschlimmern.

„Halt deine verdammte Klappe", zischte er. „Oder willst du uns umbringen?"

Einer seiner Krieger zeigte Stammeshäuptling „Lahme Ente", das Huhn, welches den freien Fall nicht überlebt hatte. Für einige Minuten wurde es still. Alle trauerten um das tote Huhn. Dann erhob der Häuptling die Stimme und sprach:

„Ihr habt mein Kuscheltier getötet und dafür werdet ihr einen grausamen, qualvollen Tod sterben. Howgh, ich habe gesprochen!"

„Du vollblöder Trottel", knurrte Hans leise, „musstest du ausgerechnet das Spielzeug von einem Häuptling stehlen?"

„Das konnte ich doch nicht ahnen, dass ausgerechnet ein Huhn sein …", versuchte sich Claus gegen die Anschuldigungen zu wehren, doch er wurde mitten im Satz unterbrochen.

„Schweigt!", schrie der Häuptling. „Ihr werdet in der Sonne schmoren, bis ihr elendig verdurstet oder die Treiber-Ameisen euch nach und nach in kleine Stücke zerlegen. Bindet sie an den Marterpfahl."

Kapitel 21

GÜTE DES SCHICKSALS ...

„Nur weil wir die gleiche Hautfarbe haben, heißt das noch lange nicht, dass ich verstehe, was sie sagen."

„Ist ja gut, ich dachte ja nur", entschuldigte sich Egon bei Fanta für seinen unüberlegten Gedanken.

„Hört auf euch zu streiten, wir müssen mit denen reden", erklärte John unter schmerzerfülltem Gesichtsausdruck. Der Knebel, mit dem er um den Marterpfahl gefesselt war, schnürte sich in sein Fleisch.

„Mit Menschenfressern kann man nicht reden oder verhandeln", erklärte Fanta. „Das sind Kannibalen, die fressen Menschenfleisch."

„Und ich dachte, die wären längst ausgestorben", jaulte Sputnik. „Oder nur eine Fantasie der Filmindustrie."

„Oh nein", winselte Egon, „wir werden mit Haut und Haaren gefressen. Ich will noch nicht sterben! Ich bin doch noch viel zu jung."

Fanta hatte mindestens genauso viel Angst wie Egon, doch sie ließ sich nichts anmerken.

„Egon, hör endlich auf alles schwarz zu sehen, wir werden eine Möglichkeit finden, hier heil herauszukommen", erklärte sie, die zu den gegenüberliegenden weißen Männern schaute. „Seht ihr die beiden Typen da, ich könnte schwören, dass ich die irgendwo schon einmal gesehen habe, aber wo?"

Claus lächelte zurück, als er sah, dass Fanta ihn die ganze Zeit anstarrte.

„Jetzt grinst er noch so blöde", sagte sie genervt.

„Glücklicherweise sind wir nicht die einzigen Gefangenen hier. Wer weiß, vielleicht werden die beiden Hirnis zuerst gefressen, was uns im besten Fall eine gewisse Zeit verschaffen würde. Zeit, die wir brauchen, um uns zu überlegen, wie wir heil aus dieser Sache herauskommen."

„Wer zuerst kommt, geht zuerst", sagte Sputnik.

„Oder besser gesagt, kommt als Nächstes dran, wie mein Zahnarzt einmal zu scherzen drohte."

„Was sollte das?", fragte Hans seinen Bruder und grinste falsch zu den vier anderen Gefangenen.

„Was? Ich habe nur freundlich gegrüßt", antwortete Claus. „Schließlich kennen wir sie."

„Blödsinn!", sagte Hans und wehrte sich mit Wegpusten vergebens gegen fiese Stechmücken, die um sein Gesicht kreisten. „Ist dir etwas aufgefallen?"

„Ja, ich habe Hunger?"

„Nicht das", rollte Hans mit den Augen. „Was fällt dir auf, wenn du zu unseren Freunden schaust?"

„Dass wir nicht die einzigen Gefangenen hier sind?"

„Stimmt, das meinte ich aber nicht."

„Sondern?"

„Wo ist der Dino?"

„Ach so, das meinst du? Ja, nicht da, oder?", sagte Claus der endlich verstand, was sein Bruder von ihm hören wollte.

„Richtig. Er ist nicht bei ihnen. Vermutlich ist der kleine Dino ausgerissen", meinte Hans, als er eins und eins zusammenzählte.

„Wir könnten ihn mühelos einfangen und keiner bekommt etwas davon mit. Das wäre so einfach."

„Leider sind uns die Hände gebunden", erkannte Hans. „Wir hängen hier fest, während unser Geld im Dschungel spazieren geht. So ein Mist."

„Und wie kommen wir hier raus?", fragte Claus besorgt.

„Weiß ich noch nicht, aber mir wird schon irgendetwas einfallen", antwortete sein Bruder. „Eines ist sicher, wir müssen den Dino vor den Gören finden."

Die Dunkelheit brach herein und alles wurde still. Alles schien zu schlafen, sogar der Wachposten, der für das Feuer verantwortlich war, das vor wilden gefräßigen Tieren schützen sollte. Er hatte anscheinend zu viel verbotenes Gras geraucht und war ebenfalls in den Schlaf gefallen. Fanta, John, Egon und Sputnik waren jetzt seit drei Stunden Gefangene der Menschenfresser. Zwar waren sie an einem dicken Holzstamm, der im Boden verankert war, gefesselt, was sicherlich sehr unangenehm war, aber glücklicherweise konnten sie die Nacht wenigstens sitzend verbringen. Auch Hans und Claus erging es ähnlich. Sie saßen ebenfalls auf ihren vier Buchstaben, gefesselt an einem Marterpfahl.

Alles war ruhig, bis auf ein sandiges Geräusch, welches Hans soeben aus seinem Schlaf gerissen hatte. Schlaftrunken schaute er sich um. Im Lichtkreis der lodernden Flammen war nichts Ungewöhnliches zu sehen.

Was war das? Träumte er gerade oder passierte das, was er sah, wirklich?

Beim Heiligen Vater, es geschehen noch Wunder.

„Claus", flüsterte er aufgebracht seinem Bruder zu.

Von Claus unbemerkt, machte sich der dicke Baumstamm, an dem er schon seit Stunden gefesselt war, selbständig. Langsam, aber stetig versank dieser nach und nach im Boden. Hans richtete sich auf, was etwas Anstrengung erforderte.

„Pst!", versuchte er seinen Bruder aufzuwecken, der fest zu schlafen schien, jedenfalls schnarchte er, so als würde er einen ganzen Wald zersägen.

„Psssst! Hey! Hallo!"

Hektisch schaute sich Hans um. Er wollte es unbedingt vermeiden, dass irgendwer sein Rufen hörte.

„Typisch Pechvogel. Wie kann man nur so dämlich sein und das nicht mitbekommen?"

„Pst!" Hans räusperte sich. „Pst!"

Ängstlich schaute er sich erneut um.

Mittlerweile war nur noch ein kleines Stück vom Baumstamm zu sehen, dann verschwand dieser gänzlich. Das Komische daran war, dass Claus endlich frei war, aber der Trottel von alldem nichts mitbekam. Nun gut, er hatte noch Fesseln an seinen Handgelenken, doch diese waren jetzt sehr locker.

„Oh nein, nicht ich, das darf nicht wahr sein. Hilfe!", rief Hans leise. Er bekam es mit der Angst zu tun.

„Claus …, Claus …", seine Rufe wurden energischer. „Wach auf. Menschenskind, du musst mir helfen. Wie kann man nur so tief pennen?"

Doch sein Bruder war so glückselig im Traumland versunken, dass er jetzt auch noch auf die Seite fiel und sich gemütlich zusammen kuschelte. Das setzte der Sache noch die Krone auf.

„So ein Dummkopf, Hilfe ich ertrinke!", winselte Hans. „Ich meine ich ersande. Ich sterbe."

Bei Claus war es nur der Marterpfahl, der vom Treibsand verschlungen wurde, doch bei Hans war er derjenige, der mitsamt seinem Marterpfahl immer tiefer in den Treibsand gezogen wurde. Angsterfüllt versuchte er, mit unkontrollierten Beinschlägen dem Versinken gegenzusteuern, irgendwie herauszukommen, doch es schien unmöglich.

„Treibsand, böse Falle", meinte Claus, der endlich erwacht war und auf seinen vier Buchstaben saß.

„Claus, dich schickt der Himmel", atmete Hans erleichtert auf.

„An deiner Stelle würde ich da schnell rauskommen", klugschwätzte Claus.

„Ja genau, du musst mir helfen."

„Nein!", verweigerte Claus die Hilfe.

„Was heißt hier Nein?" Das Nein verstand Hans nun überhaupt nicht.

„Du hast mir auch nicht geholfen, als ich an einem Seil über dem Boden hing."

Hans rollte mit den Augen.

„Das war doch ganz was anderes. Eine völlig andere Situation."

„Nein, war sie nicht."

„Okay, Entschuldigung", sagte Hans. „So und jetzt hol mich hier raus."

„Entschuldigung angenommen", meinte Claus nach kurzer Denkpause.

„Nun, worauf wartest du? Hole mich hier endlich raus." Hans wurde zunehmend ungeduldig.

„Würde ich ja gerne, leider bin ich an einen Marterpfahl gefesselt, wie du unschwer erkennen kannst."

„Du Vollhirni, bist du nicht", zischte Hans wütend. „Schau dich an."

„Doch hier, ich habe immer noch ein Seil um meine Handgelenke", zeigte Claus provokativ seine Fesseln, die er nun vor dem Bauch trug und nicht mehr hinter seinem Rücken.

„Und der Marterpfahl, wo ist der?", fragte Hans spitz. Daraufhin drehte sich Claus um.

„Oh tatsächlich. Krass", bemerkte Claus den Irrtum. „Wie ist das passiert?"

„Hilfe …", war nur noch als ein leises Murmeln zu hören. Hans war, bis einschließlich dem Mund vom Treibsand verschlungen worden. Nur die Nase und Augen ragten heraus. Endlich erkannte Claus die missliche Lage, in der Hans steckte. Er schüttelte sich die Fesseln von seinen Handgelenken und eilte seinem Bruder zu Hilfe.

„Autsch, das tut weh. Nicht die Ohren."

Fieberhaft zog Claus Hans, an den Ohren packend, heraus.

„Wir haben es gleich geschafft", sprach er seinem Bruder Mut zu. „Gleich habe ich dich. Nur noch ein kleines Stück."

In allerletzter Sekunde hatte Claus seinem Bruder das Leben gerettet.

„Danke, ich wäre fast gestorben", fiel er ihm freudestrahlend um den Hals.

Zwischen seinen Zähnen knirschte und rasselte es. Hans spuckte den Sandkuchen über Claus Schulter aus.

„Ekelhaft!"

„Treibsand", erklärte er und lag in den Armen seines Bruders. Er wusste nicht, wann er Hans das letzte Mal so innig umarmt hatte, und wollte ihn nicht mehr loslassen. Einige Versuche sich zu lösen, verliefen somit ins Leere.

„Nun ist genug!", forderte Hans seine Freigabe heraus.

Doch er lächelte gutherzig und genoss mit geschlossenen Augen die stille Zweisamkeit.

„Ich sagte, es reicht."

Nur mit Mühe konnte Hans sich aus den Armen lösen, der noch immer zufrieden lächelte.

Wie ausgewechselt bekam sein Blick plötzlich einen ganz anderen Ausdruck. Er traute seinen Augen nicht. Er rieb sie, doch auch beim zweiten Anblick, wurde es nicht besser.

„Was ist?", fragte Hans, der mitbekam, dass sein Bruder ihn anstarrte, obwohl er damit beschäftigt war, sich den Sand von der Kleidung zu entfernen.

„Du hast da was an den Ohren."

„Ja, Sand!"

„Ja auch, aber ...", versuchte Claus das zu beschreiben, was er sah.

Nur mit Mühe konnte er sich ein leises Kichern verkneifen, als er sah, dass sein Bruder plötzlich lange Schlappohren hatte. Er sah aus wie ein Basset-Hound, nur nicht ganz so behaart.

„Was grinst du so blöde aus der Wäsche?"

„Nichts, alles gut. Es ist nur ...", stotterte Claus, „ich bin so froh, endlich hier rauszukommen."

Das war zwar nicht die ganze Wahrheit, doch so lange sein Bruder es nicht mitbekam, dass Claus ihm, im wahrsten Sinne des Wortes die Löffel langgezogen hatte, behielt er es lieber für sich. *Und wer weiß, vielleicht hatte das Ganze auch etwas Gutes und Hans kann dadurch besser hören*, dachte sich Claus.

„Hey Jungs, wo wollt ihr hin, nehmt uns mit", rief Egon, der soeben aufgewacht war und sah, dass die beiden Männer fliehen wollten.

„Tut uns leid wirklich, doch leider müssen wir wohl ohne euch abreisen", flüsterte Hans, mit einem gemeinen Lächeln.

„Das könnt ihr nicht machen!"

„Doch das können wir", erwiderte Hans. „Und das Beste ist, dass wir euren kleinen Dino schnappen und ihn für viel Geld an den Höchstbietenden verramschen werden. Viel Spaß noch!" Hans winkte Egon zum Abschied zu. „Los komm, wir verziehen uns."

„Ja aber …", stockte Claus.

„Was denn nun noch?"

„Luigi!"

„Was soll mit dem dämlichen Köter sein?"

„Ich meine ja nur, … das ist doch mein Hund."

„Nein, das ist er nie gewesen."

„Doch ist er und ich hole ihn zurück", meinte er entschlossen.

„Bist du behämmert? Wenn die uns erwischen, dann …"

„Das ist mir egal, ich will meinen Hund zurück."

„Hey", mischte sich Egon in das Gespräch ein. „Wenn ihr ohne uns abhaut, dann schrei ich alles hier zusammen, ich schwöre!" Egon hoffte noch immer auf ein Wunder, hier heil und unversehrt rauszukommen. So unmenschlich konnten die beiden Halunken doch nicht sein. Noch nicht einmal Egon selbst, würde Kinder bei Menschenfressern zurücklassen.

„Ach ja, tust du das. Du drohst uns, Kleiner?", knurrte Hans und hatte schon eine Idee.

Er öffnete seine Schuhe, die mit reichlich Sand gefüllt waren, entledigte sich seiner Socken und stopfte eine schweißdurchtränkte, übelriechende, dampfende Socke in Egons Mund.

„Jetzt kannst du schreien, so viel du willst", zischte Hans und machte sich auf den Weg. Doch Claus war hin und her gerissen. Er konnte seinen Hund doch nicht einfach zurücklassen.

„Hans?", rief er verzweifelt.

„Mit oder ohne dich! Ich für meinen Teil hau jetzt ab!", sagte er und verschwand sogleich im Unterholz.

Egon schrie so laut er konnte, doch niemand hörte ihn.

Als der Tag anbrach und der Wachposten die Ausgerissenen nicht entdeckte, schrie dieser Alarm. Sofort stürmten alle rasch aus ihren Behausungen und versammelten sich am glimmenden Feuer. Auch Fanta, John und Sputnik schreckten auf und schauten sich um, als sie sahen, dass alle in Aufruhr waren. Alarmierend mussten die Menschenfresser feststellen, dass zwei ihrer besten Gefangenen verschwunden waren. Sie waren außer sich vor Wut. Mit Händen und Füssen stritten sie und kamen zu einem Entschluss, als sie Egon anstarrten. Ihre Blicke sagten eindeutig, dass er dafür verantwortlich sein musste. Der dicke Vielfraß, dem sie noch nie über den Weg getraut hatten, verspeiste die beiden mit Haut und Haar. Und die Socken, die in seinem Mund steckte, war nach ihrer Ansicht das letzte Überbleibsel, was von Hans und Claus geblieben war.

Kapitel 22

FREUND ODER FEIND ...

Die Sonne war bereits vollständig aufgegangen, als Hans und Claus ziellos durch den Dschungel streiften. Dichter Waldnebel nahm ihnen jegliche Sicht und erschwerte die Orientierung, wenn es hier überhaupt irgendwie möglich war, sich zurechtzufinden. Alles sah gleich aus. Ein dichtbewachsener Blätterwald machte es schlichtweg unmöglich, sich nach Moosbewuchs an den Bäumen, noch an dem Sonnenstand zu orientieren. Mit langen Gesichtern trotteten sie voran, immer noch auf der Suche nach dem Dinosaurier. Immer tiefer kämpften die beiden sich durch das Dickicht. Ihre Schuhe waren voller Erdschlamm und ihre Körper umgeben von gefräßigen Moskitos.

„Ich glaube, wir hätten sie befreien sollen", sagte Claus.

„Hast du sie noch alle", fauchte sein Bruder. „Ohne die sind wir viel besser dran."

Claus fing an zu weinen.

„Sie werden sterben."

„Hey, hey, alles gut, schau mich an", nahm sich er seines Bruders an. „Wir konnten sie nicht befreien. Denk an unseren großen Schatz. Wir brauchen nur noch ihn zu finden. Niemand macht uns mehr Schwierigkeiten. Keiner, außer wir, wissen was davon. Wir werden reich. Verstehst du das?"

„Ja, aber sie werden sterben", jammerte Claus.

„Ach das ist es was du…, jetzt verstehe ich erst, was du meinst", log Hans. „Ja …, nein, natürlich sterben sie nicht du Dummerchen. Sie werden alle mindestens fünfzig Jahre alt," lächelte er Claus ins Gesicht und zischte leise, „wenn ich ihr Alter zusammenrechne."

„Nur fünfzig, das ist viel zu wenig", antwortete sein Bruder und rieb sich mit dem Handrücken die Schnodder von den Lippen.

„Ach was sag ich", ruderte Klaus zurück, „sie werden natürlich achtzig, ja, wenn nicht sogar einhundert Jahre alt. Und außerdem sind sie viel zu jung um zu sterben. Im Dschungel gibt es ein ungeschriebenes Gesetz. Kinder nicht zu essen und daran muss sich jeder halten, auch die Kannibalen."

„Stimmt das auch?", fragte Claus ungläubig nach.

„Natürlich stimmt das", erwiderte Hans. „Glaubst du, ich würde dich anlügen?"

„Nein", wischte Claus sich die Tränen aus dem Gesicht.

„Na, siehst du. So, und jetzt hörst du auf zu flennen, okay?", redete er auf seinem Bruder ein. „Hier hast du ein Taschentuch."

Hans reichte seinem Bruder ein Tuch zum Naseputzen.

„Und jetzt suchen wir weiter unseren Dino."

„Den finden wir doch nie", schnaubte Claus trompetenartig in das Tuch. „Der Dschungel ist viel zu groß und außerdem habe ich Hunger."

Hans holte tief Luft. In ihm kochte bereits die Wut. Ständig dieses Gejammer. Er konnte es nicht mehr ertragen, fuhr sich aber herunter, um seinen Bruder nicht erneut zum Heulen zu bringen.

„Ja ich habe auch großen Hunger. Vielleicht noch einen viel Größeren als du. Und jammere ich deshalb die ganze Zeit?", wollte Hans von seinem Bruder wissen.

Claus schüttelte den Kopf.

„Nein, das tust du nicht."

„Ich bin mir sicher, wir werden bald etwas Leckeres zu essen finden. Und den Dino finden wir schneller als du denken kannst."

Bei deinem Verstand könnte das allerdings eine Ewigkeit dauern, dachte Hans. *Leider!*

„Hast du das gehört?", sagte Claus, der plötzlich glaubte, ein Geräusch zu vernehmen.

„Ja, was war das?"

Nach weiteren zwei oder drei Schritten blieben die beiden wie angewurzelt stehen.

„Nicht bewegen", zischte Hans. „Ganz ruhig."

„Ist das?", schluchzte Claus.

„Ja, das ist er", antwortete sein Bruder.

„In Deckung!", folgte das Kommando.

Alle beide suchten Schutz hinter einem umherliegenden Baumstamm.

„Ob er uns gesehen hat?", fragte Claus.

„Weiß nicht?"

Vorsichtig erhoben sie sich vom Boden und schauten über den Baumstamm.

„Er frisst", erkannte Hans.

Wie aus dem Nichts nieste Claus lauthals auf.

„Hatschi!"

Hans ging sofort wieder in Deckung und ärgerte sich über seinen unnützen, vermaledeiten Bruder.

Auch vor Clumsy blieb das Geräusch nicht verborgen. Neugierig schaute er in die Richtung, aus der es kam.

„Na mein Kleiner, komm zu Papi", meinte Claus.

„Was?", sagte Hans, der meinte sich verhört zu haben.

Als er zu seinem Bruder aufsah, musste er feststellen, dass dieser bereits stand. Einfach so, ohne jegliche Deckung.

„Womit habe ich das nur verdient", klagte Hans.

Nun war es auch egal, Deckung oder nicht. Also entschloss er sich dazu, ebenfalls die Tarnung aufzugeben.

Plötzlich standen sich Clumsy und die beiden Halsabschneider gegenüber.

„Was habe ich dir die ganze Zeit gesagt, wir finden diesen Dino", frohlockte Claus, der nur stummes Stirnrunzeln von seinem Bruder für seine Aussage erntete.

Der Dino war sich unsicher. Ja, er hatte Vertrauen zu Menschen, die er kannte, doch seine bisherigen Erfahrungen mit Fremdem waren von Schmerz und Leid geprägt gewesen.

Hans zupfte ein Stück saftiges Grün von einem Busch.

„Komm her, hier habe ich leckeres Happischlappi für dich. Komm zu Papi."

Clumsy schaute sich um. Leider gab es nur einen Weg und den versperrten die beiden Witzfiguren. Und sein Instinkt sagte ihm, dass die beiden nichts Gutes im Schilde führten. Also machte er sich bereit. Entweder sie räumten freiwillig den Weg frei oder er würde es tun. Wie ein wütender Stier scharrte Clumsy mit dem Fuß.

„Nicht doch, … der wir doch wohl nicht etwa …", jammerte Claus ängstlich.

„Wir sind stärker als er", sagte Hans. „Folgender Plan: wenn er auf dich zu gerannt kommt, musst du ihn so fest packen, so dass er nicht wegkann, verstanden?"

„Wieso ich?", erwiderte Claus.

„Weil die Wahrscheinlichkeit groß ist, dass er - bei deinem Glück - deine Seite auswählt, so einfach ist das", erklärte sein Bruder schadenfroh. „An irgendeinem von uns muss er vorbei. Also fest zupacken."

„Hans?", winselte Claus, dessen Knie ungehalten schlotterten.

„Ach, keine Angst!", ermutigte er seinen Bruder. „Der tut dir nichts. Der will doch nur spielen. Wie gesagt, fest zupacken und ich stürze mich dann von hinten auf euch."

„Hans!"

„Was?", sagte er entnervt.

„Da ist eine Schlange."

„Eine Schlange, wo?"

„In deiner Hand!"

War es das, was Claus die ganze Zeit erzittern ließ?

Ohne es zu merken, befand sich in dem Blattgrün, das Hans in den Händen hielt eine giftgrüne Schlange, die ihm direkt in die Augen starrte.

Sofort ließ er das Blattgrün samt Schlange fallen und versuchte, der jetzt am Boden liegenden Schlange auszuweichen. Doch diese fühlte sich bedroht und versuchte, ihn am Bein zu packen. Er tänzelte so, als hätte er heiße Fußsohlen. Doch die Schlange war vermutlich sein kleinstes Problem. Clumsy machte sich zum Angriff bereit und rannte mit voller Geschwindigkeit auf die beiden zu.

„Hans, da …!", schrie Claus verzweifelt um Hilfe, als er sah, dass der Dinosaurier auf seinem Weg zu ihnen war.

Doch die Schlange beschäftigte Hans so sehr, dass er, nachdem er angegriffen wurde, erst spürte, für wen sich der Dino entschieden hatte.

In einem hohen Bogen hob Hans vom Boden ab und kam in einer Baumspitze zum Landen. Clumsy hingegen suchte das Weite, auf der Suche nach seinen Freunden.

Kapitel 23

ZWEI IDIOTEN AUF IRRWEGEN ...

„So eine Scheiße!", wetterte Hans herum. Er konnte es kaum fassen, dass er der Unglücksrabe gewesen war.

„Los hinterher", rief er leidend von seinem Baum seinem Bruder zu.

„Soll ich nicht lieber …?"

„Nein, du Hirni, der Dino ist wichtiger, also schnapp ihn dir."

„Okay, aber …"

„Nun los, ich komme alleine klar", sagte Hans mit schmerzverzerrtem Gesicht, dem sämtliche Knochen im Körper wehtaten.

Claus nahm die Beine in die Hand und rannte Clumsy hinterher.

„Oh, verdammt ist das hoch", klagte Hans und hielt sich die Hand vor die Augen.

Seine dünnen Beine fingen an zu schlottern und wurden butterweich.

„Wie soll ich hier wieder herunterkommen", fragte er sich besorgt.

Langsam versuchte er, Stück für Stück und Ast für Ast den riesigen Baum herunterzuklettern, doch es gestaltete sich schwierig. Seine Angst vor der Höhe oder dem Fall trieb ihm kalten Schweiß auf die Stirn. Er blickte sich um. In der Ferne konnte er aufsteigenden Rauch erkennen. Doch das war ihm momentan egal.

„Claus …", schrie er nach seinem Bruder. Nur gut, dass dieser noch nicht allzu weit entfernt war und den Hilferuf seines Bruders aus der Ferne hörte. Schnell eilte er zu seinem Chef zurück.

„Aber du hast doch gesagt", erklärte er atemlos, „dass ich den Dino suchen soll. Was soll ich denn jetzt, suchen oder nicht?"

„Vergiss den Dino", winkte Hans lässig mit der Hand, „helfe mir lieber hier herunter."

„Aber wie?", fragte Claus.

„Kein Plan …", Hans überlegte. „… Aber ja, natürlich. Du musst zu mir hinaufklettern und mich huckepack heruntertragen."

„Okay!"

Claus kletterte so gut er konnte den Baum hinauf, jedoch nach einigen Versuchen bremste ihn sein Bruder.

„Bist du wahnsinnig?" Hans hielt sich krampfhaft fest. „Der ganze Baum wackelt. So geht das nicht. Du musst wieder runter."

„Gut!", meinte Claus und kletterte herunter und schaute erneut hinauf. „Und jetzt?"

„Ich weiß es nicht. Es ist so verdammt hoch."

„Ich habe eine Idee, du springst und ich fange dich auf", erklärte kurzerhand Claus seine Idee.

„Bist du dir sicher?"

„Ja, ich schaff das." Er breitete seine Arme aus. „Los spring", sprach er seinem Bruder Mut zu.

„Du musst näher zu mir heran", befahl Hans, „wie soll ich so weit springen?"

Claus machte einige Schritte in Richtung seines Bruders. Dabei hatte er ihn ständig im Blick und seine Arme die ganze Zeit in Bereitschaft, um einen möglichen Sprung abzufedern.

„Noch dichter. Du musst direkt unter mir stehen", forderte Hans.

„Ist es hier richtig?", fragte Claus.

„Ja, so ist es gut."

Er presste seinen Kopf in den Nacken.

„Los spring, ich bin bereit."

„Du vielleicht, aber ich noch nicht. Man ist das hoch", schlotterte Hans.

„Lass dich einfach fallen. Ich halte dich. Nur Mut."

„Mensch ja doch! Hetz mich nicht so."

Hans hatte die Hose gestrichen voll. Wenn er könnte, hätte er die Feuerwehr gerufen, doch die war viel zu weit weg. Er fand einfach nicht den richtigen Zeitpunkt, um sich fallen zu lassen.

„Ich zähle und bei Drei springst du, okay?", erklärte Claus.

„Wieso bei Drei? Warum nicht bei Zehn oder Acht oder fünf?", sagte sein Bruder kleinlaut.

„Weil Drei meine Lieblingszahl ist. Es geht los. Mach dich bereit. Eins …" Claus rutschte mit seinem Hintern ein Stück nach vorn. „Zwei", zog er die Zahl in die Länge. „Drei, und … Spring!"

„Stopp!", warf Hans seinen Einwand ein und rutschte wieder zurück. „Nein, so geht das nicht. Das geht viel zu schnell. Wenn du unbedingt deine Lieblingszahl haben willst, okay, sollst du bekommen. Aber dann musst du von zehn abwärts zählen. So wird das gemacht! Also von

Zehn abwärts und bei Drei springe ich, versprochen!"

„Wie du willst, zehn, neun, acht, sechs …"

„Stopp!", unterbrach Hans seinen Bruder erneut und schlug sich die flache Hand gegen die Stirn. „Du hast die Zahl Sieben vergessen. Also bitte noch einmal von vorn!"

„Oh, sorry. Sieben …"

„Nein!", fuchtelte Hans wild mit dem Arm. „Du machst mich wahnsinnig. Du fängst noch einmal von vorne an zu zählen. Das kann doch nicht so schwer sein, Menschenskinder! Ich mache es dir vor! Zehn … Ich bereite mich seelisch und moralisch auf den Sprung vor. Neun … Ich begebe mich in eine perfekte Sprungposition. Acht … Ich nehme Blickkontakt mit dir auf. Sieben … Du nimmst mit mir Blickkontakt auf. Sechs … Wir schauen uns beide in die Augen. Fünf … Ich signalisiere dir, mit einem eindeutigen Kopfnicken, dass ich zum Sprung bereit bin. Vier … Du signalisierst mir, dass du bereit bist, um mich aufzufangen. Drei … Ich springe! So wird's gemacht und nicht anders. "

„Zehn …, neun …, acht …, sieben …, sechs …, fünf …, vier …, drei … springen! Ich fang dich!"

Doch Hans saß bei drei immer noch auf seinem Baum fest und sprach sich selbst Mut zu. Sein Herz pochte wie verrückt. Er wollte springen, doch seine Hände ließen den Ast, auf dem er saß, einfach nicht los.

„Drei, ich sagte, drei!", wiederholte Claus die Zahl.

„Ich schaff das. Ich muss nur springen! Jetzt …, gleich …, Claus ich springe."

Endlich fasste sich Hans ans Herz und ließ sich fallen. Doch irgendwie hatte er sich das Fallen und ganz besonders die Landung anders vorgestellt. Als er die Augen öffnete, konnte er es kaum fassen. Er konnte fliegen. Er breitete die Arme aus und schwebte in der Luft. Es war ein atemberaubendes Gefühl.

„Ich kann fliegen, Claus, schau, ich schwebe. Ich bin Supermann."

„Hans, du hängst mit deinem Gürtel an einem Ast fest."

„Was?" Hans blickte sich um. Dann konnte auch er es sehen. „Oh, nein …", jammerte er. Der Ast, an dem er festhing, war morsch und er hörte schon das Knacken des maroden Astes. Mit einem Schlag ging alles ganz schnell. Der

Auswuchs konnte dem hängenden Gewicht nicht länger standhalten und brach.

„Ah …!", schrie er.

Der freie Fall war nur kurz. Hans schlug mehr oder weniger unsanft, neben seinem wartenden Bruder auf dem Urwaldboden, auf.

„Oh", sagte Claus, der seinen Bruder leblos auf dem Waldboden liegen sah und hielt sich die Hand vor die Augen.

„Hans!", rief er und eilte ihm zur Hilfe. „Geht's dir gut?", erkundigte er sich.

„Lass mich!", schubste Hans seinen Bruder fort und legte sich auf den Rücken. „Du willst mich wohl umbringen?", stöhnte er.

„Nein!"

„Und warum hast du mich nicht aufgefangen!", fragte er ohne Hoffnung auf eine sinnvolle Antwort. „Ich wusste von Anfang an, dass das schiefgehen würde", jammerte er.

„Ich kann nichts dafür", entschuldigte sich Claus.

„Mir fehlte ein eindeutiges Kopfnicken von dir. Ich zitiere: ‚Ich signalisiere dir, mit einem eindeutigen Kopfnicken, dass ich zum Sprung bereit bin.' Und das hast du nicht."

„Ja, ist ja schon gut. Ich habe es ja überlebt", resignierte Hans. „Hilf mir lieber hoch, anstatt nach Ausreden zu suchen. Wir müssen den Dino finden."

„Na klar, Chef."

Claus packte seinen Bruder an beiden Händen.

„Langsam, nicht zu schnell", beschwerte er sich.

Hans merkte jede einzelne Faser seines Körpers. Mit einem schmerzerfüllten Gesichtsausdruck raffte er sich auf. Sein rechtes Bein hatte am meisten abbekommen.

„Lass uns gehen", sagte er, nachdem er tief durchgeatmet hatte.

Es war mehr ein langsames Humpeln als ein Gehen. Gestützt von seinem Bruder, machten sie sich auf den Weg.

„Und wo gehen wir jetzt hin?", fragte Claus.

„Dorthin zurück, wo wir hergekommen sind. Immer der Rauchschwarte nach."

Kapitel 24

Egon in Gefahr …?

„Nein, ich habe nichts getan, ihr müsst mir glauben."

Zwei starke Krieger schnappten sich Egon und befreiten ihn von seinen Fesseln.

„Lasst ihn in Ruhe, ihr …, Menschenfresser …, ihr Kannibalen", schimpfte Fanta.

Die Flammen des neu angeheizten Feuers schlugen Wellen und befeuerten den darauf befindlichen großen Wasserkessel an. Es roch köstlich. Nach frischen Kräutern, Gemüse und allerlei Gewürzen, die man hier im Dschungel finden konnte, wenn man wusste, wo man zu suchen hatte. Der Dschungel war der perfekte Kräutergarten. Leider handelte es sich hierbei um eine Fleischbrühe und eine wichtige Zutat fehlte noch: Egon!

„Was wollt ihr von mir, lasst mich los!", schrie er.

„Hey, habt ihr gehört, ihr sollt ihn loslassen!", schrie auch John jetzt verzweifelt.

Egon wehrte sich mit Händen und Füßen gegen seine Peiniger. Doch die beiden Kannibalen waren einfach zu stark. Als er vor dem Wasserkessel stand, konnte er das kochende Wasser sehen und es hören. Es war heiß.

„Ihr könnt mich doch nicht, wie einen Hummer, einfach so bei lebendigem Leibe kochen", beschwerte er sich.

„Hey, ihr sollt ihn in Ruhe lassen. Seid ihr taub", tobte John.

„Fanta, sag ihnen bitte, dass ich die beiden anderen nicht gefressen habe. Wenn ich schon daran denke, wird mir speiübel. Lasst mich los, ihr miesen Kannibalen."

„Dicki Bauchi Kochi Topfi Suppi!", befahl der Häuptling. Auf seinem Schoß lag Luigi und genoss die Streicheleinheiten seines neuen Herrchens.

Auf diesen Befehl hin eilten zwei andere Kannibalen herbei und machten sich an Egon zu schaffen.

„Nicht die Schuhe. Finger weg von meiner Hose", zappelte Egon. „Hört auf ihr Wüstlinge! Gebt mir meine Hose wieder", beschimpfte er seine Widersacher.

Plötzlich kam ein weiterer Kannibale aus der zweiten Reihe herausgetreten. Dieser war noch fülliger als Egon selbst und trug in der Hand eine Machete.

„Nehmt ihn, anstelle von mir", beklagte Egon. „An dem Burschen ist noch mehr dran als an mir!"

Die Machete näherte sich ihm langsam und zielstrebig.

„Wehe, lass mich in Ruhe! Ich schwöre dir, wenn ich hier raus bin, dann …"

Er schluckte die letzte unausgesprochene Drohung herunter, als er die Klinge an seinem Hals spürte. Er hatte bereits seine Schuhe und seine Hose verloren und wollte nicht noch sein Leben verlieren. Langsam zerschnitt die Klinge der Machete Egons Shirt in einzelne Streifen.

„Sagt mal, spinnt ihr? Hört sofort auf", befahl John. Doch die anderen mussten tatenlos mit ansehen, was mit ihrem Freund geschah. Sie waren machtlos, gefesselt an ihren Marterpfählen. „Hilfe!", brüllten John, Fanta und Sputnik, so laut sie konnten.

Das Geschrei war meilenweit zu hören. Auch Clumsy, der jetzt ganz in der Nähe war, nahm den Hilferuf wahr. Zweifellos musste es sich um seine Freunde handeln. Er rannte, so schnell er konnte.

„Nein, Finger weg! Lasst mich los!"

Die Menschenfresser packten Egon an seinen Füßen und Armen, um ihn in den Suppenkessel zu stopfen.

„Hilfe…!", schrie er ein letztes Mal, bevor er in den heißen Suppentopf kam.

Auf einmal erschraken die Kannibalen, als sie ein donnerndes Beben hörten, das immer näher zu kommen schien. Mit einem ohrenbetäubenden Brüllen kündigte sich der Retter an. Wie ein wild gewordenes Nashorn rannte Clumsy durch das Geäst. Bäume und Sträucher, die ihm in den Weg kamen, sprengte er mit seinem gepanzerten Schädel fort.

„Clumsy!", rief John voller Glücksgefühl, als er seine Stimme erkannte.

Nun gerieten die Menschenfresser in Panik. So etwas hatten sie noch nie gehört. Wie ein mächtiger Wirbelsturm kam der Dino zu Hilfe geeilt und rammte zuallererst den großen Kessel.

Das Wasser löschte sofort die Flammen, die in weiße Rauchschwarten verglühten.

Die Kannibalen trauten ihren Augen nicht. Das konnte nur eine allmächtige Kreatur sein. Eine Schöpfung ihres Gottes. Gekommen, um sie zu richten. Völlig panisch versuchten sie, die Flucht zu ergreifen, doch der Dinosaurier schnappte sich einen nach dem anderen und spielte mit ihnen Bowling.

„Ja, so ist gut, Clumsy", rief John seinem Freund zu. „Mach sie fertig!"

Einige der Ureinwohner konnten fliehen. Andere wurden bestraft. Es dauerte nicht lange und sie lagen niedergestreckt am Boden. Häuptling Lahme Ente saß auf seinem Thron und schimpfte wie ein Rohrspatz. Er konnte es nicht fassen, was hier passierte. Luigi hingegen suchte Schutz unter dem großen Umhang seines Herrchens.

Nachdem alle Eingeborenen in die Flucht geschlagen wurden, befreite Clumsy seinen Freund John. Mit seinem dicken Schädel rammte er seitlich den Marterpfahl, der zusammen mit seinem Freund auf dem Boden fiel.

Herzergreifend lagen sie sich dann, nachdem er sich befreien konnte, in den Armen.

„Uns auch, Clumsy!", rief Fanta. „Du musst uns auch befreien!"

„Los, mein Freund, ich helfe dir dabei", sagte John und strahlte voller Freude. Alles begann wie in einem Albtraum, doch jetzt gab es ein großes Happyend und alle lagen sich freudestrahlend in den Armen.

Was war das für ein absurdes Abenteuer? Sicherlich hatten sie mit einigem gerechnet. Mit giftigen Schlangen, handgroßen Spinnen, Blutegel, die sich an den Gliedmaßen festsaugen, aber nicht mit Kannibalen. Um Haaresbreite wären John, Fanta, Egon und Sputnik in den Suppentopf gefallen. Doch zum Glück kam ihnen ein Freund zu Hilfe, der für sie durch das Fegefeuer gehen würde: Clumsy.

Kapitel 25

DER DSCHUNGEL WAR FORT ...

Als sie mehr als drei Stunden durch den Dschungel geirrt waren, kamen sie zum Entschluss, fast am Ziel angekommen zu sein. Sie waren weit in die nahezu undurchdringliche Vegetation vorgedrungen. Hier konnte Clumsy endlich ein ganz neues Leben beginnen. Der bevorstehende Abschied lag allen schwer auf dem Herzen. Doch ein Zurück gab es nicht mehr. Das, was sich vor ihnen erstreckte, sollte Clumsys neues Zuhause werden. Nirgendwo gab es einen besseren Platz für solch ein fantastisches Tierwesen, mit dem Herzen am richtigen Fleck. Jetzt hieß es Abschied nehmen. Alle waren sich einig am Ziel zu sein, und stimmten gegenseitig kopfnickend überein. Der Urwald war so dicht bewachsen, dass niemand Clumsy jemals wiederfinden würde. Leider auch seine Freunde nicht. Doch von dem Dino fehlte plötzlich jegliche Spur.

Alle schauten sich fragend an und in ihren Augen stand geschrieben: Was, er war doch gerade noch bei uns?

„Clumsy?", rief John laut. Dann suchte er Augenkontakt zu den anderen. „Er war doch die ganze Zeit hinter uns?"

„Keine Ahnung", meinte Egon, der die letzten Kilometer in den Fußstapfen der anderen getreten war und zuckte mit den Schultern. Seine Kleidung bis auf das Shirt, das in gleichgroßen Streifen herunterhing, war unversehrt geblieben.

„Clumsy", schrie Fanta, „wo bist du?"

Wie aus dem Nichts stand er plötzlich wieder vor ihnen.

„Wo warst du, wir haben uns Sorgen gemacht!"

„Was hast du da?", fragte John seinen Dino, als wenn dieser antworten könnte. Und außerdem sah er ganz genau, was Clumsy von der Jagd mitgebracht hatte.

„Das ist jetzt nicht dein Ernst?", fügte er hinzu.

Er hatte es ihm untersagt, Tiere zu verspeisen. Doch der kleine Dickschädel hatte seinen eigenen Kopf.

Nun war es ein bunter Vogel, von der Größe eines Fasans, den er in seinem Maul mit sich trug. Er atmete schwer, hielt sich aber dezent zurück.

„Du kannst es einfach nicht lassen."

Kaum ausgesprochen, lief Clumsy erneut fort.

„So warte doch!", rief er ihm nach.

Clumsy hatte es eilig. Er rannte so schnell, dass die Anderen Mühe hatten, ihm zu folgen. Letztlich holten sie ihn doch noch ein, aber nur, weil er zum Stehenbleiben gezwungen wurde. Es war der Anblick, der sich vor ihm auftat und ihm das Blut in den Adern gefrieren ließ. Auch John, Fanta, Egon und Sputnik konnten es nicht fassen und hielten sich vor Ratlosigkeit die Hände vor ihre Gesichter. Clumsy kämpfte mit den Tränen. Zum Teil war es Wut und zum anderen die Trauer, die ihn eiskalt übermannte.

„Ach du Heilige Mutter Maria", erschrak Fanta.

„Scheiße", meinte Sputnik und raufte sich die Haare.

„Wo zum Teufel ist der Urwald geblieben?", fragte Egon. Nur John sagte nichts, er war wie gelähmt. Er hatte davon gehört, dass von der Fläche her circa zweitausend Fußballfelder Regenwald pro Tag verschwinden.

Durch Menschenhand verursacht. Doch er hatte darüber nie tiefergehend nachgedacht. Diese Information verschwand schnell aus seinem gewöhnlichen Alltag. Bis jetzt. Nun stand er unmittelbar davor und war ein Teil dessen.

Vor ihren Augen tat sich ein unwirkliches Bild auf. So weit man schauen konnte, gab es nur Leere. Eine Lichtung, so groß wie zehntausend Fußballfelder erstreckte sich vor ihnen. Man könnte meinen, dass der Urwald einem Unwetter zum Opfer gefallen war. Ein Tornado, der alles, was er greifen konnte, mit sich nahm. Doch dieser Tornado hatte die Bezeichnung Mensch. Nicht Mutter Natur oder Gott, nein, dieser Sturm wurde von Menschenhand gemacht. Wo einst dicht bewachsener Dschungel war, sah man Baumstümpfe, die aus dem Boden ragten. Mächtige Baumaschinen hatten unzählige Hektar Wald einfach so vernichtet. Auch damit den Lebensraum für viele, hier lebenden Tiere genommen und nicht nur das: Überall, wo man auch hinschaute, lagen zwischen dem kargen Geäst tote Tiere. Affen, Vögel, Insekten und viele andere Geschöpfe hatten hier ihren Tod gefunden.

Bestürzt über so viel Leid rannte Clumsy mitten auf die Lichtung und schrie, so laut, dass die Erde bebte.

Mächtige Bulldozer machten alles dem Erdboden gleich. Hundertjahre alte Bäume, unzählige Tiere und deren Lebensraum fielen ihnen zum Opfer.

Wutentbrannt rannte der Dinosaurier direkt auf einen der Bulldozer zu.

„Clumsy, komm zurück!", schrie John ihm verzweifelt hinterher.

Doch die Worte hörte er nicht. Mit seinem Leben stellte sich Clumsy vor den Bulldozer, um ihn aufzuhalten. Doch es war ein ungleicher Kampf. Tier gegen Maschine. Der Dinosaurier konnte nicht gewinnen, auch wenn er es noch so sehr wollte. Die Schaufel des Bulldozers schob den Dino, der mit seinem Schädel ihm entgegensetzte, immer weiter zurück. Direkt auf ein zehn Meter tiefes Loch zu, in dem nur wenige Stunden zuvor, einer der mächtigsten Pflanzen stand: Ein Baum.

Vor langer Zeit begann ein kleiner Sämling zu keimen an. Stunde um Stunde, Tag für Tag, Jahr für Jahr wuchs der kleine Keimling zu einer noch nie zuvor gesehenen Größe heran. Kein Sturm, kein Regen, kein Gewitter und kein Unwetter konnte es mit ihm aufnehmen. Er war stärker als Mutter Natur und trotzte gegen jegliche Naturgewalt. Doch der Mensch brachte ihn nach fünfhundert Jahren zu Fall. Mit all seiner Kraft stemmte Clumsy sich gegen die Maschine.

„Oh mein Gott, wir müssen ihm helfen", sagte John, seinen Freunden dem Dino zu Hilfe eilten.

„Los, alle zusammen, zugleich, zugleich!", befahl er.

Jetzt war Clumsy nicht mehr allein. Auch seine Freunde stemmten mit all ihrer Kraft gegen die Maschine. Vielleicht konnten sie es gemeinsam schaffen, denn nur so hatten sie eine kleine Chance. Doch die Macht der eisernen Maschine war zu stark. Immer näher rutschten sie auf den todbringenden Abgrund zu. Nur noch wenige Meter und sie würden bei lebendigem Leibe begraben werden. Dort würde sie niemand jemals finden.

„Schiebt!"

„Das schaffen wir nicht", ächzte Fanta. „Er ist zu schwer."

Clumsy nahm noch einmal alle Kraft zusammen und drückte stärker gegen das Gerät als je zuvor.

„Doch das schaffen wir", sagte Egon. „Schiebt!"

Alle schrien vor Anstrengung auf.

„Haltet durch", machte Sputnik Mut.

Nur wenige Schritte trennten sie jetzt vor dem Abgrund.

„Wir werden sterben", schrie Fanta.

„Nein, werden wir nicht", schnaufte John.

Dann kam das Unerwartete. Claus und Hans kletterten todesmutig auf den Bulldozer. Sie rissen die Fahrertür auf, sprangen in das Führerhaus und bedrohten den Fahrer.

„Wenn du nicht gleich stehen bleibst, schlitze ich dir den Bauch auf", drohte Claus dem Mann, der vor Angst die Maschine abstellte und sich ergab.

John, Fanta, Sputnik und Egon konnten ihr Glück nicht fassen.

„Wir haben es geschafft!", riefen sie im Chor und tanzten mit Clumsy im Kreis.

Plötzlich gab der Rand des Kraters nach und Egon stürzte in die Tiefe.

„Egon", schrie Fanta ihm nach, die alles mit ansah. Auch John und Sputnik sahen, dass Egon plötzlich verschwunden war. Sofort eilten alle zum Rand des Kraters.

„Oh, bitte nicht!", betete Sputnik.

Am Krater angekommen warnte John: „Vorsicht, es könnte noch mehr Erde abbrechen und uns alle in den Tod reißen."

Mit äußerster Vorsicht schauten sie in den Abgrund, auf das Schlimmste gefasst.

„Egon", schrie Sputnik, der sah, dass sein Freund mit letzter Kraft sich an einer Wurzel festhielt und sieben Meter über dem Abgrund schwebte. Steine und Erde fielen ihm ins Gesicht. Auch die anderen sahen jetzt zu Egon.

„Festhalten", forderte John, „nicht loslassen. Wir holen dich da raus."

Doch wie? So sehr sie sich auch bemühten, sie kamen nicht in die Nähe von Egons Hand.

„Wir haben dich gleich! Alles wird gut!", log Fanta, die ratlos die anderen anschaute.

Sputnik kam eine Idee.

„Halte durch, mein Freund. Wir holen dich da raus."

So schnell er konnte holte er eine Liane, befestigte die Kletterpflanze am Schiebeschild des Bulldozers und warf das andere Ende Egon zu.

„Halte dich daran fest", rief John.

„Wir ziehen dich raus", sagte Fanta.

„Los, schmeiß die Kiste an und vorsichtig zurückfahren", befahl Claus dem Bulldozerfahrer. Von seinem Bruder bekam Claus ein: *„Gut gemacht"* - Lächeln.

„Wir haben es geschafft! Wir haben es geschafft!" Auch Claus und Hans waren stolz wie Oskar.

„Danke", sagte Egon.

„Warum habt ihr uns geholfen?", wollte Fanta von Claus und Hans wissen.

„Weiß nicht, vielleicht, weil wir …"

Dann wurden sie durch ein tosendes Geräusch unterbrochen.

„Nein, bitte nicht", meinte Egon.

Plötzlich tauchten noch weitere Bulldozer auf. Sie kamen aus allen Himmelsrichtungen. Die Erde bebte unter dem Druck der schweren Maschinen. Die Körper vibrierten.

„Mist!", schrie John.

„Wir haben verloren", meinte Sputnik.

Clumsy schnaufte und brüllte so, als wäre er ein T-REX.

„Die Götter mögen uns beistehen", sagte Fanta flehend.

Sie waren umzingelt. Wie eine kreisrunde Festung standen sie zusammen und mussten mit ansehen, wie die Maschinen immer näherkamen.

Keiner wusste, was er tun sollte. Fliehen wäre wohl die beste Option gewesen, doch dazu kamen sie nicht. Wie ein Unwetter donnerte es vom Himmel und übertönte das Dröhnen der Bulldozer.

„Mein Vater!", schrie Fanta den anderen zu und schaute hinauf in den Himmel.

Ab jetzt wussten sie, dass die Bulldozer ihr kleinstes Problem waren. Plötzlich wimmelte es von Fahrzeugen, die auf den Schneisen, die die Bulldozer zuvor in den Wald gefräst hatten, angerast. Hubschrauber über ihren Köpfen setzten zur Landung an.

„Sie haben uns", erklärte John resigniert.

Die Bulldozer beendeten ihre Fahrt, als sie sahen, dass sie umgeben waren.

„Oh nein", schrie John.

Clumsy stellte sich schützend vor die anderen. Er hatte es schon einmal erleben müssen. Doch es war ihm egal. Tapfer hielt er seine Freunde hinter sich.

„Clumsy, lauf weg", schrie John.

Doch er wollte nicht hören. Seine Augen zu einer Sichel geformt, das Maul mit zähem Speichelfäden benetzt, war er zu allem bereit, sogar bis zum Tod. Das erkannte auch John und eilte zu ihm.

„Du musst fliehen. Bitte."

Es würde ihm das Herz brechen, müsste er Clumsy noch einmal solch einer schrecklichen Gefahr aussetzen.

Aber der Dinosaurier wollte nicht verstehen, was sein Freund ihm sagte.

„Du Dummerchen, lauf weg. Sie wollen nicht uns, sie wollen dich."

Er nahm einen Knüppel und warf ihn gegen Clumsys Brust.

„Verstehst du denn nicht", weinte er. „Du sollst verschwinden."

Der Dino schaute verwirrt.

„Lauf, du dummes Vieh!", schrie er erneut.

Clumsy sah erschrocken zu John. Er dachte immer, John wäre sein Freund, aber jetzt? Mit hängendem Kopf entfernte sich der Dino und folgte den Worten seines geglaubten Freundes.

Doch er kam nicht weit. Ein Hubschrauber tauchte über der Lichtung auf. Ein großes Netz fiel herunter und traf ihn. Er schrie und versuchte, sich zu befreien, doch es war vergebene Mühe. Das Netz zog sich immer weiter, wie eine Schlinge, zu.

Kapitel 26

RETTUNG ...?

Der Hubschrauber drehte ab. Alfredo Porto sprang aus einem der Fahrzeuge und schrie: „Dem Saurier darf nichts geschehen, was mit den Kindern passiert ist mir egal."

„Nicht schießen", gab Bakary den Befehl. „Unter keinen Umständen schießen!"

Wo sie auch hinschauten, waren sie von Männern, mit vorgehaltenen Gewehren umzingelt.

„Los! Hol meine Tochter!", gab Bakary Mister X den Befehl.

Fanta hatte es nicht kommen sehen. Ihre Augen waren bei Clumsy, der unter der Last des schweren Netzes zerbrach. Dann spürte sie kräftige Hände, die sie packten.

„Lass mich los du Idiot!", schrie sie, als sie erkannte, wer sie fortzerrte.

„Du sollst mich loslassen!", versuchte sie sich zu wehren.

Mister X hatte leichtes Spiel. Er hob Fanta wie ein Kleinkind hoch und trug sie fort.

„Lass sie sofort los!", schrie John.

Er eilte zu ihr hin, doch dann hörte er ein Geräusch, das ihn zu einer in Bronze gegossenen Statue werden ließ. Alle Gewehre wurden durchgeladen und richteten sich gegen ihn.

„Mach keine Dummheiten, junger Mann", drohte Porto.

Sputnik und Egon ballten die Finger zu Fäusten. Erneut standen sie Rücken an Rücken und waren für einen Kampf gegen das Verbrechen bereit. Im Gegensatz zu Claus und Hans, die in der Zwischenzeit den rücksichtslos Bulldozer-Fahrer hinausgeschmissen hatten und sich im Führerhaus ganz klein machten. Sie wollten allem Ärger aus dem Weg gehen, schließlich hatten sie schon genug Gutes getan. Mehr war einfach nicht mehr für sie drin. Den Dinosaurier wollten sie auch nicht mehr. Sie würden es verkraften, nicht reich werden zu können. Schließlich kamen sie bislang auch ohne dieses Urzeitmonster aus und außerdem hatte er ihnen ohnehin schon zu viel Ärger bereitet. Erneut bahnte sich ein immer stärker werdendes Rotoren-Geräusch an.

„Wer ist das? Ist das einer von uns?", fragte Porto als er in den Himmel Schaute.

„Nein", beantwortete Bakary die Frage und schaute selbst ein wenig verwundert.

Alle waren überrascht darüber, dass noch ein Hubschrauber den Weg hierher gefunden hatte. Das konnte nichts Gutes bedeuten. Bakary und Porto wurden sichtlich nervös. Sie wollten, dass das hier ohne viel Aufsehen und vor allem unblutig ausgehen sollte. Doch der zur Landung ansetzende Hubschrauber könnte alles ändern.

Mit Erstaunen sah John, wer aus dem Hubschrauber stieg.

„Dad!", rief er freudestrahlend.

Porto schickte sofort zwei seiner Leute zu Andy, um ihn gebührend im Empfang zu nehmen. Doch mit Gegenwehr hatte er nicht gerechnet, als er mit ansehen musste, dass dieser zwei seiner Leute mit der Faust niederstreckte. Das sah auch Bakary, in dessen Augen nur der weiße Wahnsinn seiner Iris zu erkennen war. In diesem Moment fiel ein ohrenbetäubender Schuss, der mit einem stechenden Schmerz einherging.

„Bist du des Wahnsinns", schrie Bakary Porto an. „Ich sagte: Nicht schießen!"

„Oh nein", meinte Fanta ungläubig, als sie mit ansehen musste, wie Johns Vater zu Boden fiel.

Auch vor John tat sich ein unwirkliches Bild auf. Er konnte es nicht begreifen, nicht fassen. Es musste sich um einen schlechten Scherz handeln. Ohne auf jegliche Gefahr zu achten, rannte er zu seinem Vater und fiel gebrochen auf die Knie. Seine Augen und Mund waren weit vor Schreck aufgerissen. Aus ihm drang ein langer stummer Schrei, ohne einen Atemzug. Dann brach es aus ihm heraus.

„Dad, bitte sterbe nicht!", bettelte er unter Tränen. „Dad, hörst du, bleib bei mir."

Doch sein Vater antwortete nicht.

„Du Mörder!", schrie er zu Porto, der nur ein übertriebenes Lächeln übrighatte.

„Dad!"

Nach einer Weile, die ihm wie eine Ewigkeit vorkam, sagte Andy: „Es ist alles gut mein Sohn." Unter Schmerzen richtete er sich auf. „Alles okay", log er. Er wollte nicht, dass sein Sohn sich wegen ihm Sorgen machen musste.

„Dad?" Seine Augen leuchteten. „Du lebst!"

„Es geht mir gut.", antwortete Andy, „es ist nur ein Streifschuss, glaube ich?"

John schluchzte wie ein kleines Baby, welches zu lange geweint hatte. Der Schreck saß ihm noch immer in den Knochen.

Alfredo kam auf die beiden zu.

„Glaubst du, ich lasse mir das hier wegnehmen?", schrie er Andy mit vorgehaltener Pistole, an. „Nein!", schüttelte er lächelnd den Kopf. „Erkennst du überhaupt, was das hier bedeutet? Das ist wertvoller als alles Gold der Welt und ich lasse mir das nicht nehmen. Nicht von einem kleinen Jungen oder sonst jemandem."

„Damit kommst du nicht durch", erklärte Andy. „Es gibt zu viele Zeugen."

Er richtete sich mühsam auf.

„Zeugen? Welche Zeugen?" Porto lachte und schaute sich demonstrativ um. „Ihr seid die Einzigen. Alle anderen gehören zur Familie. Niemand von denen hier braucht je wieder zu arbeiten. Alle gehen nach Hause und sind mehrfache Millionäre. Und du glaubst wirklich, dass irgendjemand aussagen wird? Doch nicht im Ernst!"

„Doch ich", schrie Egon und schaute zu Sputnik, der für einen kurzen Moment überlegte. Dann sagte er aber: „Ich auch!"

„Ich werde euch alle verraten", schrie Fanta.

„Schweig Tochter!", ermahnte Bakary sie.

Porto lachte teuflisch. „Das sind Kinder. Niemand wird ihnen Glauben schenken."

„Und was ist mit mir?", fragte Andy vorwurfsvoll.

„Du …" Porto atmete tief und fuchtelte mit der Waffe. „Du bist allerdings ein Problem."

„Und ich dachte wir wären so etwas wie Freunde", sagte er, der an das Gewissen von dem Professor appellierte.

Alfredo lachte kurz auf.

„Das Spiel ist aus und ich habe gewonnen."

„Dann musst du mich erschießen, jetzt hier, vor allen Leuten", forderte Andy, der nach dem Pistolenlauf griff und sich diesen gegen die Stirn hielt.

„Nun, los! Drück ab!", schaute er Porto in die Augen, dessen Finger am Abzug zitterten.

„Nicht!", schrie Bakary. „Es wird niemand verletzt!"

Als dieser dazwischen gehen wollte, wurde er von seinen eigenen Männern, die ihre Sturmgewehre jetzt auf ihn richteten, aufgehalten. Porto gefiel, was er sah.

„Deine Männer sind offensichtlich schlauer als du", meinte er. „Lass es, sonst passiert deiner Tochter womöglich auch noch etwas. Und das wollen wir nicht, oder?"

Bakary antworte nicht und hielt inne.

Porto zog die Pistole zurück und drehte sich kehrt wendend um.

„Schmeißt sie alle in die Kuhle und begrabt sie", forderte er.

„Einsteigen", befahl Mister X. Nur widerwillig folgte Fanta seiner Anweisung und schaute hilflos zu ihren Freunden.

„Den Saurier verladen wir wie geplant", befahl Porto. „Alles weitere so, wie besprochen. Auf geht's."

Alles schien ausweglos, doch als sie damit begannen, Clumsy auf einen LKW zu verladen, kam ein Lichtblick auf, ein Hoffnungsschimmer, auch wenn er noch so klein war.

„Gisela, was machst du denn hier", begrüßte John seinen Freund ungläubig und streichelte ihn.

Kapitel 27

OHNE DIE GERINGSTE CHANCE ...?

Keiner ahnte, dass der kleine Dackel Gisela nicht allein gekommen war. Er war nur der Vorbote, für das, was folgen sollte.

Schon aus der Ferne war ein Grummeln zu hören. Alle schauten sich verwundert um. Der Lärm wurde eindringlicher, als der Himmel sich verdunkelte und ein, in die Jahre gekommener, Kampfhubschrauber sich vor die Sonne setzte. Schnell wie ein Falke im Sturzflug, stürzten Soldaten an Seilen herunter. Als alle am Boden sicher angekommen waren, erlaubte ein mit Handzeichen gegebenes Kommando, das sich der Hubschrauber entfernen durfte. Nach und nach wurde es leiser. Sämtliche Arbeiten wurden sofort unterbrochen. Auch Clumsy zappelte im Netz über dem Boden, am Arm eines Auslegekrans. Die skrupellosen Polizisten waren sichtlich überrascht und waren unsicher, was hier passierte. Bakary ergriff sofort die Initiative.

„Was soll das?", schrie er, „Das hier ist eine polizeiliche Angelegenheit."

„Jetzt nicht mehr", meinte jemand aus der Mitte der Soldaten, der aus der Gruppe hervortrat. „Darf ich mich vorstellen, Leutnant Grace."

John traute seinen Augen nicht.

„Das ist Tante Grace", meinte er mit großen Augen und offenen Mund zu Egon und Sputnik, die jetzt mit ihm bei seinem Dad standen.

„Es ist mir scheißegal, wer und was Sie sind", schrie Bakary, der sichtlich angespannt war. „Ich befehle Ihnen, die Waffen niederzulegen."

„Ich glaube nicht, Jungchen."

„Dad", sagte John voller Stolz, so eine Supertante zu haben, „das ist Tante Grace!"

„Ich sehe das, mein Junge", sagte auch er erstaunt.

„Was ist das hier, eine Ü80-Party", mischte sich Porto ein, als er sah, mit wem er es zu tun hatte. „Was ist zehn Meter lang und stinkt?", fragte er laut. „Eine Rentner-Polonaise", löste er die Pointe seines Witzes auf. Alles lachte. Darauf hatte er gewartet und freute sich.

„Soll ich …", fragte einer ihrer Soldaten, der zum Abschuss bereit war. Auch die Gegenseite hatte nervöse Finger an den Abzügen.

Grace schüttelte den Kopf.

„Hast wohl heute Morgen einen Clown gefrühstückt, Goldzahn", antwortete Grace. „Solltest Hofnarr werden, Jungchen."

Portos blödes Grinsen verschwand.

„Was soll das?", fragte jetzt Bakary.

„Ich gebe euch beiden Hanseln einen wirklich gut gemeinten Rat. Und ich sage es nur ein einziges Mal! Also hört verdammt gut zu", sagte Grace. „Deine Jungs wurden ausgebildet, um Ordnung und Sicherheit herzustellen. Doch wir wurden ausgebildet, um zu töten. Denk nicht im Traum dran, dein Spielzeug zu benutzen. Du würdest noch nicht einmal den Knall hören, bevor dir die Lichter ausgehen. Also eure Waffen runter", befahl Leutnant Grace erneut.

„Sie blufft doch", schrie Porto.

„Nein", sagte Grace mit einem Unterton, der ihre Absichten unterstrich.

„Wir sind in der Überzahl", erklärte Porto. „Falls es Ihnen entgangen sein sollte."

„Weißt du, mein Freund …,"

„Ich bin definitiv nicht, Ihr Freund", erhob Porto Einspruch. „Merken Sie sich das, okay!"

„Gut!", bestätigte Grace und setzte ihre Aussage fort. „Ich und jeder Einzelne neben mir, haben nichts zu verlieren." Sie schüttelte demonstrativ den Kopf. „Wir haben schon so oft dem Tod ins Auge geschaut, dass sogar der Tod Angst hat, uns zu holen", lächelte sie. „Und wenn der Tag doch kommen sollte, an dem wir sterben, und sei es heute, sind wir dazu bereit. Im Gegensatz zu dir, Goldzahn."

Alfredo griff nach der Waffe. Doch bevor er diese mit seinen Fingern berührte, fiel ein Schuss.

Porto schrie und hielt sich am Kopf, dort wo er den Schmerz spürte. Als er seine Hand betrachtete, sah er, dass diese blutüberströmt war.

„Guter Schuss, Cowboy", lobte sie einen ihrer Schützen, der zuvor den Schuss freigab. Danach bekam Porto ihre ganze Aufmerksamkeit. „Das nächste Mal ist es das Auge und nicht das Ohr", drohte Grace.

Tatsächlich war es nur ein Streifschuss, der das rechte Ohr von Alfredo Porto verletzt hatte. Doch er tat so, als würde er jeden Moment sterben.

„Sie haben mich angeschossen", schrie er. „Dafür werden Sie bezahlen."

„Möglich", antwortete Grace.

„Hat noch jemand etwas zu sagen?", fragte sie in die Runde.

„Wir müssen das nicht tun. Keiner muss sterben, wenn sie auf der Stelle abziehen", erklärte Bakary. „Wenn nicht, bleibt mir keine andere Wahl und ich werde das Feuer eröffnen."

„Dad! Mach das nicht!", schrie Fanta, die aus dem Fahrzeug ausstieg.

„Halt dich daraus, Fanta!"

„Hören Sie auf Ihre Tochter. Sie wollen doch ein guter Vater sein", versuchte Grace ihn zu beeinflussen.

„Einen Scheiß werden wir", übernahm Porto das Wort. „Hört nicht auf sie."

„Meine Kameraden und ich …" Grace schaute ihm direkt in die Augen, „haben mehr Leute auf dem Gewissen, als du zählen kannst, Jungchen. Und glaube mir, es war nicht immer einfach. Doch das ist unser verdammter Job. Also legt die Waffen nieder. Ich wiederhole, legt sofort die Waffen nieder."

Die Lage verhärtete sich. Keiner der Parteien wollte nachgeben. Alle hatten den anderen, mit nervösem Finger am Abzug, im Visier.

„Wer von euch hat Familie zu Hause?", richtete sie ihren Appell an die Ordnungshüter. „Frauen und Kinder. Ihr wollt sie doch bestimmt wiedersehen?"

„Verzieht euch", kam ein Einwand aus den Reihen der Gesetzeshüter. „Du wirst die Erste sein, die heute stirbt, Lady!"

„Ja, möglich", bedauerte Grace. „Aber du wirst dafür der Zweite sein, der heute das Zeitliche segnet. Das ist so sicher wie das Amen in der Kirche."

Einer der Soldaten richtete sofort seine Waffe auf den Grünschnabel, der meinte, hier den dicken Max raushängen lassen zu müssen, wurde dann aber abgelenkt. Doch er behielt den Fokus auf sein mögliches nächstes Opfer.

Hans und Claus blieben immer noch unentdeckt. Sie verschanzten sich weiterhin im Bulldozer.

„Sollen wir helfen?", fragte Claus seinen Bruder, der vor Angst am ganzen Leib zitterte.

„Bist du wahnsinnig", sprach er mit klappernden Zähnen. „Die bringen uns um."

Immer tiefer rutschten beide in den Fußraum des Bulldozers und beteten zu Gott, hier lebend herauszukommen. Und anscheinend hatte es geholfen.

„Verdammt, was ist denn hier los?", schrie Bakary.

Porto und Bakary schauten sich fragend um, als erneut ein dumpfer Schall von Rotoren vorausging. Ehe sie sich versahen, wurde der Tag zur Nacht, als plötzlich zehn Kampfhubschrauber bedrohlich über den Köpfen der anderen auftauchten. Nahezu hundert Soldaten ließen sich an Seilen nieder, die sofort in Stellung gingen. Einer dieser jungen Elitesoldaten kam auf Tante Grace zu und leistete einen militärischen Gruß ab.

„Leutnant Grace", sagte er, „wir kommen zur Unterstützung. Doch wie ich sehe, haben Sie alles im Griff?"

„So, oder so ähnlich", freute sich Grace über die Hilfe ihrer Kameraden. „Gut, dass sie hier sind. Sie können gerne das Kommando übernehmen. Wir sind zu alt für diesen Job", lächelte sie mit einem Augenzwinkern.

„Sehr gerne. Danke Ihnen!"

Die Kampfhubschrauber stiegen auf fünfhundert Meter auf und schwebten über den Einsatzort.

Selbst die unentschlossensten Polizisten unter ihnen, die ihre Waffen in den Händen hielten, legten sie jetzt freiwillig ab und legten sich bauchseitig auf den Boden.

Auch Bakary und Porto mussten sich den Anweisungen der Soldaten beugen und lagen nun mit ihren Gesichtern im Dreck.

Plötzlich tauchten Hans und Claus mit erhobenen Armen auf.

„Nicht schießen", sagte Hans. „Wir sind welche von den Guten."

„Auf den Boden", kam sofort der Befehl eines Soldaten.

„Wir sind auf eurer Seite", redete Hans klug und zündete sich eine Zigarette an. „Nur gut, dass wir hier sind, wir hatten alles im Griff. Nur noch wenige Sekunden und wir hätten die hier", er zeigte zielgerichtet auf einen der Ordnungshüter, „ausgeschaltet. Euer Auftauchen war völlig unnötig. Wie gesagt, wir hatten alles im Griff."

„Ja, mein Bruder hat Recht. Wir haben nicht das Geringste damit zu tun. Das hier sind die Bösen", sagte er und zeigte mit einer Hand auf einen der

Polizisten und ließ dabei den anderen Arm oben. „Das geschieht euch Recht", zischte er den Gesetzeshüter an.

„Legen sie sich sofort auf den Boden oder ich mache von meiner Waffe gebrauch!"

Hans fühlte sich plötzlich als Superheld, dem niemand etwas anhaben könne.

„Was machst du da", sagte er zu Claus, als er sah, dass sein Bruder vor seinen Füßen im Schlamm lag. „Steh verdammt nochmal wieder auf. Ohne uns wären die doch verloren." Dann richtete er sich wieder an die Soldaten. „Da wir die Situation unter Kontrolle gebracht haben, gehört der Dinosaurier uns, dass das klar ist. Da verstehen wir keinen Spaß."

Ehe sich Hans versah, lag auch er auf dem schlammigen Boden, als einer der Soldaten ihm in die Kniekehle trat.

„Hans", rief Claus seinem Bruder leise zu. „Gehört uns jetzt der Dino?"

„Ach halt die Klappe", antwortete er mit reichlich Dreck zwischen den Zähnen.

Epilog …

Weite Strecken zu gehen, fiel Gisela schwer. John drehte sich um.

„Komm, alte Lady", forderte er den Dackel auf Schritt zu halten.

Gisela war in die Jahre gekommen, aber auch John, war jetzt ein richtiger Mann.

„Na du kannst wohl nicht mehr?", schlussfolgerte er, als er sah, dass die Schrittfolge des Dackels immer kleiner wurde. „Komm ich helfe dir."

Er nahm Gisela und steckte ihn in die Babytrage, die bauchseitig vor ihm hing. So oder so ähnlich hatte er Gisela schon einmal transportiert. Damals, als beide von einem Gewitter überrascht worden waren, bot John dem Tier den Schutz, den er brauchte.

John war nun erwachsen. Er war nicht nur 10 Jahre älter, nein, man sah es ihm an, dass aus einem Jungen ein Mann geworden war. Sein Gesicht schmückte einen Vollbart und seine Arme waren kräftiger gebaut als noch vor zehn Jahren. Mit Gisela in der Trage stand er vor einer Klippe und schaute aufs offene Meer hinaus. Die Wellen tobten und brachen an den schroffen Felsen. Der tosende Wind spielte mit seinen welligen Haaren.

„Willst du mitkommen?", rief eine bekannte Stimme.

Erschrocken drehte er sich um.

„Dad?", sagte er überrascht. „Ich habe dich nicht kommen hören."

„Ja, der Wind bläst heute besonders stark", antwortete sein Vater. „Na, kleiner Mann, du hast es wieder gut", streichelte Andy den grauhaarigen Dackel.

„Was gibt's?", fragte John.

„Wir haben einen Notfall auf der Anlage. Ein Tier ist verletzt."

„Wollen wir mit, Gisela?", fragte John seinen vierbeinigen Freund, der ihm zu antworten schien.

„Na dann, auf geht's."

Er stieg auf die Ladefläche des Jeeps auf und machte es sich bequem, während sein Vater das Fahrzeug steuerte. Die Straßen, die sie nahmen, waren nur Feldwege, einige unbefestigte Schotterpisten. Geteerte Straßen fand man hier vergeblich. Sie waren auf einer Insel, weit von jeglicher Zivilisation entfernt. So schroff wie Helgoland und halb so groß wie die Insel Rügen, erstreckte sich ihre Landzunge und war im Besitz von Johns Vater. Es war ein Eldorado für die hier lebenden Tiere.

„Gisela, schau dort, über uns ein Feilongus", meinte John. „Sieht er nicht herrlich aus?"

Über ihren Köpfen schwebte ein fünf Kilogramm schwerer Flugsaurier mit einer Flügelspannweite von zweieinhalb Meter. Einer der kleinsten hier lebenden Flugsaurier, die das hier ihr Zuhause nannten.

Sie fuhren an einem Schild, mit der Aufschrift „Achtung Sperrzone" vorbei.

Das war eine eindeutige Warnung, dass hier die Durchfahrt nur für bestimmte Leute erlaubt war.

Noch immer Tag für Tag erfreute er sich an dem Anblick, den er auf der Insel geschenkt bekam. Zahlreiche Arten von längst ausgestorbenen Dinosauriern erweckten hier zum neuen Leben. Das Unmögliche wurde wahr gemacht. Die Dinosaurier waren zurück und bekamen ihre eigene Insel.

„Da ist sie", rief Johns Vater aus dem Auto heraus.

Eine Frau war damit beschäftigt einen kleinen Dinosaurier zu untersuchen.

Neben ihr hockte ein fülliger Herr, der Mühe hatte, den widerspenstigen Saurier zu bändigen. Johns Vater stellte den Motor ab. Sportlich hüpfte er lässig von der Ladefläche, wobei sein Vater offensichtlich etwas in die Jahre gekommen war. Seine Hüfte machte ihm schon des Längeren zu schaffen und so zog er das eine Bein etwas nach.

„Die beste Tierärztin, die ich kenne", sagte John und lächelte.

„Und die Einzige, die sich mit Dinosaurier auskennt", antwortete die erwachsene Frau und blickte auf.

Es war Fanta. Sie leitete die hier ansässige Abteilung der Tiermedizin. Sie war eine Koryphäe auf ihrem Fachgebiet und hatte ihr Studium der Tiermedizin mit Bestnote abgeschlossen.

„Und die bezauberndste Schwiegertochter, die ich mir überhaupt vorstellen kann", meinte Andy. Die Umarmung war herzlich. John hingegen bekam einen liebevollen Kuss.

„Und was ist mit mir?", fragte Egon ironisch. Auch er war älter geworden, aber nicht viel dünner.

„Der beste Assistent, den ich je hatte", antwortete Fanta.

„So weit ich weiß, bin ich auch der Einzige, den du je hattest", frohlockte Egon.

„Sagte ich doch", lächelte Fanta. „Autsch!"

„Oh?", erkannte Egon seine Nachlässigkeit und packte fester zu.

„Hey, ich hatte dich gerade noch gelobt. Halte ihn bitte gut fest. Ich habe keine Lust deinetwegen einen Finger zu verlieren", mahnte Fanta Egon an, den Coelophysis festzuhalten. Besonders den Kopf, mit den kleinen spitzen messerscharfen Zähnen, gut zu fixieren.

„Wartet, ich helfe", bot John sich an und packte zusätzlich mit an.

Dann war es Egon, der kurz zusammenzuckte, hielt aber tapfer aus.

„Du kleines garstiges Wesen", zischte er.

Seine Hand blutete.

„Ist es schlimm?", meinte Fanta beiläufig, ohne ihn anzuschauen.

„Weiß nicht. Es blutet."

„Echt?"

Jetzt hatte Egon ihre ganze Aufmerksamkeit.

„Zeig doch mal", forderte sie. „Keine Sorge es ist nur eine kleine Schnittwunde", stellte Fanta nach einer flüchtigen Inaugenscheinnahme fest. Dann konzentrierte sie sich wieder auf die eigentliche Arbeit. „Noch einmal schön festhalten. Ich bin gleich fertig, Jungs."

Ein kleiner Coelophysis hatte sich am Fuß verletzt. Er war ein Fleischfresser und ähnelte in seinem Aussehen einem großen, schlanken Vogel. Lebte im Rudel und ernährte sich von kleinen Wirbeltieren und Insekten. Der Coelophysis, der vor zwei Tagen das Licht der Welt erblickte, zappelte wie ein Aal. Obwohl Egon und John alle Kraft aufbrachten, hatten sie Mühe, das Quirlige etwas zu bändigen.

„Es ist nur eine leichte Verletzung", redete Fanta mit ihrem tierischen Patienten, so als wäre es ein Mensch. „Es ist nichts Schlimmes. Und gleich sind wir auch schon fertig. Noch einmal Stillhalten."

Fanta versiegelte die Wunde mit einem silbernen Spray.

„Geschafft! Gute Arbeit, Jungs."

„So, auf Drei lassen wir ihn frei", meinte Egon.

„Eins, zwei und drei. Lauf, kleiner Racker."

Der kleine Dino rannte so schnell er konnte, ohne sich noch einmal umzuschauen, davon.

„Zeig mal her", forderte sie Egon auf, seine Hand zu zeigen.

„Es sieht schlimmer aus, als es ist. Ich behandele es besser trotzdem."

Er war mit Abstand der Mutigste von allen. Er zeigte keine Angst, vor keinem dieser Dinosaurier, waren sie auch noch so groß. Respekt hatte er aber schon. Das war auch äußerst wichtig. Ohne Respekt vor den hier lauernden Gefahren konnte es schnell lebensgefährlich werden.

Es brannte stark, als Fanta die Schnittwunde desinfizierte, doch Egon blieb hart und verzog nur ein wenig das Gesicht.

„Ich gebe den Sektor wieder frei", meinte Andy.

Fanta stimmte kopfnickend zu.

Andy gab durch ein Funkgerät die Anweisung, diesen Sektor wieder freizugeben, so dass die großen Tore wieder geöffnet werden konnten und der kleine verletzte Dino wieder Anschluss zu seiner Familie fand.

Fanta versuchte John in die Arme zu nehmen, doch das Unterfangen gestaltete sich schwierig, da zwischen den beiden, eine tierische Barriere in Form eines Dackels lag.

„Du hast es wieder am allerbesten", meinte sie und streichelte Gisela an den Ohren. Dennoch bekam sie den eingeforderten Kuss von ihrem Liebsten.

„Was machen wir heute Abend?", fragte sie mit leuchtenden Augen.

„Weiß nicht", antwortete er und lächelte dabei. „Lass dir was einfallen."

„Hm, hm", antworte sie, ohne zu verraten, was sie gerade dachte.

„Verstanden", sagte am anderen Ende der Leitung eine männliche Stimme. „Der Sektor kann wieder frei gegeben werden", wiederholte er die Anweisung, die Andy vorher gesprochen hatte.

Es war Sputnik, der für die Sicherheit dieser Insel verantwortlich war und gehörte so wie Egon auch, zu der großen Familie.

Zusammen mit zwei Autos machten sie sich auf den Weg zur Basis. Die Artenvielfalt, die sie unterwegs sahen, bezifferten sie selbst als Eldorado der Dinosaurier.

„Wo sind unsere Sorgenkinder?", fragte John, als er sie aus der Ferne nicht sehen konnte.

„So weit ich weiß, geht's den beiden gut", antwortete Fanta.

„Wurden sie heute schon gefüttert?", wollte er wissen.

„Ich frag mal nach", meinte Egon und nahm über das Funksprechgerät Kontakt zu Sputnik auf.

„Sputnik, bitte kommen!"

„Hier Sputnik, ich höre."

„Der Chef lässt fragen, ob unsere beiden Sorgenkinder heute schon ihre Mittagsmahlzeit bekommen haben?"

„Wir sind gerade dabei. Wenn ihr sie dabei beobachten wollt, befinden sie sich hinter dem Sonnenhügel."

Als sie mit dem Wagen auf eine Anhöhe näher an das Gatter heranfuhren, konnten sie das Spektakel sehen. Zwei T-REX Teenager bekamen ihre Mittagsration. Sie waren wild und furchteinflößend. Sie stritten sich um das Fleisch und gönnten dem anderen weniger, als sie selbst hätten fressen können. Noch waren sie jung.

Doch in drei bis vier Jahren würden sie ausgewachsen und vermutlich liebevolle Eltern sein. Nach einer Weile fuhren sie weiter, vorbei an den heranwachsenden Langhälsen. Die Sauropoden aßen genüsslich mit ihren giraffenartigen Hälsen Blätter von hochgewachsenen Pflanzen. Dort, in unmittelbarer Nähe, stießen sie auf zwei alte Bekannte.

„Guten Morgen, Chef", galt die Begrüßung John, als sie den Wagen kurz stoppten.

„Guten Morgen. Wie schauts aus?", fragte er.

„Alles bestens, Chef."

Es waren Claus und Hans, die vor langer Zeit ihre Strafe hier ableisten mussten. Sie wurden vor einem Gericht verurteilt, für Taten, die sie unfreiwillig zugeben hatten. Ihre Strafregister waren voll. Diebstahl, Raub, Beleidigungen, Einbruch, Sachbeschädigungen und Entwendung eines Dinos. Doch mittlerweile arbeiteten und lebten sie hier gerne und waren zuverlässige Mitarbeiter geworden. Sie halfen beim Aufbau dieser Anlage mit und so manche Spitzfindigkeit von ihnen, löste so manches Problem.

Die Beiden kümmerten sich hauptsächlich um die Fütterungen und waren Mädchen für alles.

„Gut, weitermachen!", sagte John. „Seid heute bitte pünktlich zum Mittag, es gibt Milchreis mit Zimt und Zucker."

„Was?", meinte Claus. „Milchreis mit Zimt und Zucker? Das ist mein Lieblingsessen."

„Wir sind auf jeden Fall pünktlich, Chef", fügte Hans hinzu, der genauso wie sein Bruder gut im Futter stand, egal, was es gab, er mochte alles.

Johns Vater hatte es geschafft. Die Eier, die über Millionen Jahre lang verborgen im Eis gewartet hatten, auf den Tag, an dem sie gefunden werden sollten, waren jetzt zum neuen Leben erweckt worden. Jedes einzelne Lebewesen war kostbarer als jedes Gold und jeder Edelstein dieser Erde. Ein Schatz, den die Welt nie zuvor sah und vermutlich auch nie wieder zu Gesicht bekommen würde. Denn die Insel, auf der sie arbeiteten und wohnten, war militärisches Sperrgebiet. Nur Eingeweihte wussten von ihrer Existenz. Nur eine Handvoll Leute kannten das Geheimnis um das Eldorado der Dinosaurier. Und wenn man heute Menschen fragen würde, ob es heutzutage noch lebende Dinosaurier gibt, wäre die Antwort sicherlich, dass es nur eine Idee der Filmindustrie ist. Vielleicht ist es auch besser so.

Auch derjenige, der diesen Heiligen Gral zuerst gefunden hatte, bekam auf dieser Insel seinen Ehrenplatz. Eine gigantische Statur schmückte das Basislager. Die Insel, die Welt der Dinosaurier trug mit Stolz seinen Namen. Es war der gleiche Name, nachdem Dr. John Junior benannt wurde, sein Urgroßvater. John Alfred Hammond Worlds.